提高现代文阅读和写作成绩的金钥匙

# 张亚凌作品
# 阅读试题详析详解

## 10 块钱

在县城参加完物理竞赛，领队的老师把我们 8 个人喊到一起，给每人发了 10 块钱。对，你没听错，是 10 块钱，我的手从没摸过的大钱。我至今还记得当时的情形：第一个同学接钱时，手是颤抖着的，而等着接钱的我们，都张大嘴巴发出了“啊——”的惊呼，好像我们立马就是地主老财了！

每个人都拿着 10 块钱，激动得像一锅沸腾的开水，翻滚着 10 块钱绽开的想象的浪花，领队老师好不容易才使我们安静下来。“你们给学校争光了，拿着手里的钱，老师带你们吃一碗羊肉泡馍，坐车回去，还能剩点零花钱。”同学们欢呼雀跃。

“羊肉泡馍！”我跟着老师才重复了一遍，就感觉有口水往下流，赶忙抹了抹嘴巴。又盯着手里的钱看了好一会儿，10块，我的！我抿了抿嘴唇，走到老师跟前，怯怯地问：“老师，我能不能留着钱不吃饭也不坐车？”

老师看着我，反问道：“饿着肚子，20多里路，你要想清楚。”我下决心般点了点头——手里攥着10块钱，有啥做不到的？

一个人走在回家的路上。没有像往日那样甩着手蹦着跳着哼着歌，不是饿，而是手一直小心地按着衣兜，装着10块钱的衣兜，好像钱长着翅膀会飞出来。也不敢将钱攥在手里，怕被人看见。一遇到人，我就显得很紧张，生怕被人发现自己有钱，还是10块。我心里真的很高兴很高兴，我有10块钱了，我甚至都想说给每一片树叶听。满心欢喜却又不敢笑出声，不被分享的快乐是严重缩水的，那种感觉很别扭，很难受。

拖着疲软的腿一到家，舀了一瓢凉水猛灌，拿起冷馍就啃——既渴又饿，前胸贴后背了！而后就笑了，出声地笑，响亮地笑，恨不得抱住院子里的每棵树都亲几口。爹跟娘也笑了，说那小子考好了，想着奖状哩。我不解释，只是笑。

一个人时，就拿出10块钱，看着，摩挲着，脸上像开了朵花。种种诱惑在心里翻江倒海般闹腾着，我就是强压着。啥都不能买，一买就破开了，就不是10块钱了。10块，是我摸到过的最大的票面。我几乎是煎熬般抵制着种种诱惑，努力保持着完整的10块票面。曾经一度，我看着它，描着画着，越画越像——要是真能画出一叠10块钱就好了。

一天，娘阴着脸，一进门就冲着爹抱怨：“门户紧如债，背着锅儿卖。借不下钱，咋办？”原来娘借了几家，非但没借到，还被人家埋汰：

“他婶子，好借好还再借不难，你上次借的没还啊……”

“不是不借你，你有借的心也没还的力，不要嫌伤脸，你不开口就能留住脸面……”

娘给爹说着，说没借到钱倒借了一堆难听的话。说着说着，娘就撩起衣襟直抹泪。我看着难受，转了几圈，回屋里取出了那10块钱。

“够了够了！”娘接过我的钱满脸惊喜，我都没有讲完过程，她就喜滋滋地拿着钱准备门户去了。

在娘转身的那一刻，我流泪了。

在很长一段时间，我总是下意识地摸衣兜，是希望能摸出10块钱还是摸着自己的遗憾，我也不知道。我的10块钱，就那样悄无声息地没了。

娘没有再次提起，也没有夸我懂事。终于有一天，我按捺不住了，正在烧火的我给娘说道起来，说我的10块钱，说我饿着走了20多里路才攒的钱，说得我很难受很委屈。我的10块钱，想都不敢想的大数目，就那样被娘拿走了，还不声不响。娘盯着我看了好一会儿，没有接我的话茬，我就无趣地闭了嘴。

一天，我发现了弟弟的小秘密，他卖了中药的钱私藏了起来，3块8，没有像往常那样交给娘。

我的钱——10块钱——都被家里花了，他竟然自己攒钱？

自私的家伙！

我继续盯着他。

第二次卖了药材，2块3，他还没交。

两次了，铁证如山！他，私藏钱，胆真大！

我终于忍不住了，更多的是委屈与愤怒，气呼呼地说给了娘。娘只是抬眼看了看我，又顾自忙着手下的活儿。我无法说服自己就此放下，遂将弟弟揪到娘面前。

“给咱娘说，你偷偷藏了几块钱？”我解恨似的踹了他一脚质问道。他低着头，不说话。“说啊，哑巴了？”他的沉默更加激怒了我。

娘开了口，我娃不想说就不说，该干吗就干吗去。

娘咋能那样啊？气得我干瞪眼直跺脚。

弟弟转身，都走到了房门口，他停住了，回过头对娘说：“我也想像我哥那样，给您10块钱。”

多年后，每每想起那一刻，我的脸还像猴屁股。

1．以“10块钱”为题目，有什么作用？

2．首段再现第一个同学接10块钱的具体情形，有什么作用？

3．弟弟的介入有什么作用？

4．“娘盯着我看了好一会儿，没有接我的话茬”，“娘开了口，我娃不想说就不说，该干吗就干吗去”。你如何理解这两句话？

**阅读答案：**

1．以“10块钱”为题目，“10块钱”既是本文主要内容，也是线索。

2．首段再现第一个同学接10块钱的具体情形，再现大家当时的激动，可见“10块钱”票面之大，为后面“我”如何珍视做铺垫。

3．“我”因为对自己的10块钱念念不忘而对弟弟产生误解，弟弟的回答则显示了一个小男孩的担当。弟弟对“我”的形象起了衬托作用，让我学会了反思，在反思中得以成长。

4．第一句，娘觉得“我”有点小气，这个家是大家的，“我”也应该为家里做贡献，不应该念念不忘10块钱。第二句，娘相信自己的孩子不会私藏钱，即使私藏，也有自己的理由，不愿意为难孩子。

## 对不起，孩子

（1）剩下几天就中考了，我眼前是最后一次模拟试卷。作文是半命题“对不起，________”，整体写得都不错，看来应试作文的模式孩子们完全掌握了，连我自己都能感觉到笑意在脸上荡漾开来。

（2）《对不起，老师》，第一眼看到这个题目，我就眼睛一亮：符合我一再强调的“题目设立悬念，吸引读者的眼球”。

（3）这家伙做了什么对不起老师的事？强烈的好奇心怂恿着我一睹为快。

（4）“对不起，我最喜欢的张老师，我都无法原谅自己做了那么多对不起您的事。”哦，他在表达对我的愧疚？好像没有哪个孩子惹我生气呀，都很乖的。我继续往下看——

（5）“我从来没有想到，进入初三后我会突然喜欢上一直很讨厌的语文，真的很幸运成为您的学生。我喜欢看您上课的神情，喜欢听您说话的语调，甚至您调侃的话我都顺手写在课本的空白处……有一次，别的同学说您是纯正的‘醋熘合阳普通话’时，我还跟他动了拳头。可是，可是我真的做了很多对不起您的事情，张老师。”

（6）我再往下看了两行，就看不下去了——因脸红而不好意思往下看的羞愧。

（7）“您叫我回答过两次问题，一次叫我‘第二组第三排最右边的男生’，一次叫我‘中间第四排唯一没戴眼镜的男生’，呵呵，两周换一次座位。我真的想让您记住我的名字，因为您是我最喜欢的老师。就因为这个小小的心愿，我做了很多对不起您的事情。”

（8）虽然脸红，我还必须看下去——他到底做了什么对不起我的事情，我咋就没印象呢？

（9）“为了让您记住我，我故意把物理作业夹进语文作业里交了上去。可您讲评作业时，只是说，‘还有学生粗心交错了作业，下次注意点啊’，并没有对我点名提出批评。或许，您觉得交错作业只是小马虎，是可以原谅的。可我，沮丧到了极点。

（10）“为了让您记住我，我上课故意大声说出荒诞不经的话。您走过来，拍了拍我的肩，摇摇头，笑了。我能感觉到您笑里面的无奈，可您不知道，我，更无奈！

（11）“……

（12）“老师，我最喜爱的张老师，剩下十几天就毕业了，我真的希望您记住我的名字——雷明哲。为了这点小自私，我做了很多对不起您的事情，请您原谅我吧。”

（13）看完这篇作文，我有种很难受很难受的感觉，在雷明哲的试卷上写下了：

（14）对不起，明哲。

（15）要说“对不起”的是我，你的不称职的语文老师。你那么喜欢语文，那么喜欢语文老师，甚至不惜挺身而出捍卫她自己都不在乎的面子，真的让老师很感动。更多的，则是惭愧。老师辜负了你对她的喜欢。

（16）我记住你的名字了，雷明哲。白白净净的脸，总是满脸带笑，一次课间跑到我的跟前，一脸正经地说：“一日为师终生为母，妈，我想吃香蕉。”

（17）……

（18）我写下了或清晰或朦胧的关于雷明哲的点点记忆。也就是那一刻，我给自己布置了一项作业：看着试卷上的名字，能想起关于这个学生的多少印象或事情。

（19）很快，结果出来了，一个班75到79个学生（严重违规的大班啊），我竟然有近20个印象模糊或没一丁点记忆。换句话说，一年了，两个班就有近40个学生在我心里没留下痕迹！

（20）看来，不只是雷明哲一个人，遗憾自己的名字没有被教了一年的老师记住。

（21）我试图原谅自己：毕业班，学习紧张，升学压力大，多少会分散一些激情。可只是注重知识的传授、埋头“培优”，终究不是称职的老师！我还是无法原谅自己。

（22）那天晚上，我写了篇《对不起，孩子》。我决定，第二天上课就给他们道歉。我不祈求孩子们的原谅，只想表达自己的愧疚。

1．雷明哲同学在《对不起，老师》一文中向老师道歉的原因是：

为了达到________的目的，他曾多次________。

2．第17自然段省略号省略的内容最可能是（　　）

A．有一次，我故意在试卷上把自己会做的默写题全部做错，……

B．有一次，我在您上课前替您泡了一杯热茶放在讲台上，……

C．有一次，你把一杯热茶放在我的讲台上，……

D．有一次，我看见你在操场上挥汗如雨地踢球，远远地看见我就招手……

3．第3—8段中画线的句子在文中的作用？

4．第21自然段开头写“试图原谅”，结尾写“还是无法原谅”，对其写作目的分析不正确的是（　　）

A．强调自己未能记住所有学生的客观原因。

B．强调自己未能记住所有学生的愧疚之情。

C．突显自己认识到关注学生心灵的重要性。

D．突显自己对称职老师的标准的深刻认识。

5．文章以《对不起，孩子》为标题的好处是？

**参考答案：**

1．让老师记住自己，故意犯错。

2．C，D

3．内容上写出了“我”看到作文时的即时感受（好奇、羞愧等）；结构上引出作文的下文；表达效果上激发读者想要了解作文内容的兴趣；呈现情感认识的变化过程（逐步走向自我反省）。

4．A

5．标题涵盖了文章的主要内容：由一篇作文引发对学生的愧疚。抒发了文章的核心情感：愧疚之情。标题采用第二人称，有强烈的抒情意味。与文中引用的学生作文题《对不起，老师》语言形式相同，形成情感和表达上的呼应，表现了美好真挚的师生情感。

## 与众不同

（1）母亲一直是个与众不同的人，打我一开始认识世界，她就给了我这样的感觉。这种感觉，令小时候的我很不舒服。

（2）四十多年前，谁家有红白事，左邻右舍的女人们都会去帮忙。孩子们也兴奋得不得了，母亲们会见缝插针跑回家里给自己孩子送个夹着豆腐或肉片的白面馍馍，那是过年才会吃一两天的好吃食。自己母亲去别人家帮忙，在很多孩子眼里如同过年般欢喜，充满期待。更有一些孩子就站在过事的那家门口，母亲像有心电感应般，会跑出来塞俩白面馍馍。胆大的，直接跑进家里，明目张胆地往出拿。

（3）我的母亲从来不会自己悄悄拿啥回来，更不允许我站在人家门口乞讨般丢人现眼。多少次，别人家有红白事，年幼的我远远地坐在自家门口的石墩子上，看着巷子里同龄孩子拿着白面馍馍欢快地穿梭，心里羡慕又伤心。有时路过的大妈婶子也会招呼我，“找你妈去，给你夹个香馍馍”，我会摇摇头，而后双腿前后踢着，踢得是满心的委屈。

（4）记得有次正在帮忙的母亲也匆匆走回家里，坐在门口的我扭着小屁股赶紧跟进去——母亲会不会也带好吃的回来？结果母亲翻箱倒柜，找出来一截布料，又要匆匆离开。就在她前脚跨出门槛的一刹那，我“哇——”地哭了，好像那一刻再不哭，我就会被活活憋死。母亲似乎什么都知道，她回头看了我一眼，说“妈哪天也给我娃做好吃的”，就离开了。我不能吃到别的孩子都炫耀的“白面馍馍”，其实所有在母亲眼里不应该吃的，我都吃不到。

（5）一些孩子有时吃炒豌豆，一粒一粒往嘴里抛，焦香焦香的味儿霸道得铺天盖地，好像走到哪里都躲不开，走多远都可以闻到。别人家的母亲是从饲养员那里讨要的。都是一条巷子，给母亲一把孩子会高兴半天，那么大的牛，那么多的一群，哪会在乎那一把豆子？我给母亲说，饲养室的憨叔特别好说话，还提到好些小伙伴的名字，说他们妈妈要豆子憨叔都给。母亲看着我，沉默了，我以为她在想怎样去讨要，满脸热切地看着她。“就那点德行，连牛的料都不放过？队上那么多地，都让你们嘴馋了，牛能犁动地？”我是吃不到炒豆子的。哼，不吃就不吃，又死不了。她不拿别人家的东西，不意味着我不会偷，身边的孩子都在偷，看一看就学会了。

（6）别的孩子到生产队的打麦场，在麦堆里走几圈，鞋里就都是麦粒了，回家一倒，再来。看管的大人也睁只眼闭只眼，不是很过分就不言语。我终于大着胆子学着偷了一次，回到家里时，脚心都让麦子垫得很不舒服。可是心里舒服呀，我也像别家的孩子一样，会把东西给自己家弄回来了。货郎下次来了，就可以换东西了。“这是我自己弄回家的，与你没有关系。”我骄傲又有点挑衅地让母亲看时，她拎起我的鞋砸到我身上，骂道：“是不是为了馋嘴就啥都不顾了？”那天，我们家的鸡幸福得像过年。

（7）从此，我不再看别家孩子的样子：我的母亲跟人家的母亲不一样，人家母亲会因为孩子能干而夸奖，我的母亲只会自己生气顺带惩戒我。我恨我的母亲，死板，一根筋。我多么希望一觉睡醒，就换了母亲。

（8）刚进入八十年代，农村父母对孩子上学的意愿似乎不像现在这么强烈。我们巷子的孩子，一个接一个地辍学了。大人们觉得，老天给一条命就会给一碗饭，干吗非得上学？在一棵树上吊死？岂不是连死的形式都那么枯燥？那时已经包产到户改革开放了，不上学的活路多得是。母亲不行，全村我这一级从六十多个孩子到只剩下三个时，她还坚持不让我辍学，尽管我上得很吃力，可怜兮兮，偏科极严重。第一年落榜，她说服父亲让我补习。

（9）别人取笑母亲，说人家收了彩礼钱还多了长工，你家凌娃，上得越多越赔钱。母亲说，养娃不是养猪，我就没想挣钱，只要娃将来好就行。我很无奈，好像一生注定要被一个固执的母亲毁掉。艰难地跋涉在自己并不怎么喜欢的求学路上，直到考上大学，上了自己喜欢的中文系。

（10）多年后的今天，回望自己走过的路，那么笨拙的一个傻丫头，穿过那么漫长的贫苦的岁月，过上了一种不错的生活。我仿佛看见，母亲在天上笑着……

1. 请从“我”的角度，梳理文中事件。

我渴望“白面馍馍”，母亲给我承诺——→我想要炒豌豆，（　　）——→（　　），母亲严厉训斥——→我高考落榜，（　　）

2. 请结合语境，揣摩句中画线词语所表达的人物心理。

我骄傲又有点挑衅地让母亲看时，她拎起我的鞋砸到我身上，骂道：“是不是为了馋嘴就啥都不顾了？”

3. 请结合全文内容，说说第 7 自然段画线句子的作用。

4. 母亲的“与众不同”表现出她是怎样的人？请结合具体

内容简要分析。

5．文章结尾为什么说“我”能看见“母亲在天上笑着”？

**参考答案：**

1．母亲以理拒绝；“我”学会偷麦粒；母亲坚持让“我”上学。

2．“骄傲又有点挑衅”属于神态描写，展现出“我”偷回麦粒后的神气。“骄傲”是因为不依赖母亲自己弄回麦粒吃，兴奋开心又得意扬扬；“挑衅”是因为“我”不能理解母亲坚持原则的态度与做法，生气怨恨，故意反抗。

3．过渡句。从全文看，呼应文章开头，是对文章前半部分描写小时候自己对母亲不理解和怨恨的总结；本句是文章感情的分界线，与文章结尾成年后自己对母亲的态度形成对照；突出母亲的“与众不同”对“我”影响至深；表达了“我”对母亲的深沉怀念与感激之情。

4．（1）母亲是一个固执、与众不同的人。母亲的做法与其他家长不同，别的家长给孩子们带吃的、要吃的，不批评孩子偷麦粒，别的父母允许自己的孩子辍学，母亲却不这样做。（2）母亲是个坚守原则、正直无私的人。对村里人、对公家绝不贪占便宜，不借红白事给孩子们带吃食，坚决不答应“我”向饲养员要炒豌豆。（3）母亲是个爱孩子、重视教育的人。无论是小时候的坚守原则，还是后来坚持不让“我”辍学、供“我”复读，都能体现出来。

5．因为成年后作为傻丫头的“我”真正理解了母亲的“与众不同”，明白了正是因为母亲，自己才“过上了一种不错的生活”，所以深深怀念，也是对母亲的感恩与回报，相信在天国的母亲会为此感到欣慰和开心；同时“我”相信自己对母亲态度的转变也是母亲所期望的，如果母亲知道，即便在天堂，她也一定会很开心的。

## 拾 遗

“有一点疤就有了病菌，就不能吃，得扔掉。”我还没反应过来，儿子说话间就将有点疤痕的水果一股脑丢进了垃圾桶。心里“咯噔”了一下，时光回到了我的儿时。

那时小孩们最欢喜的是遍地跑着捡拾遗漏在地里的庄稼。

我一直觉得庄稼里最难说话的一定是麦子，想想看：

长相刁钻，根根都像针，扎得你胳膊疼，以至再热的天，割麦子时的大人都得穿着长袖衣衫。时间刁钻，偏偏就熟在最热的三伏天，还紧锣密鼓地催。俗话说“麦熟一晌”，昨晚还泛着绿，一觉睡醒，呼啦啦铺天盖地全黄了，行动迟缓点，就“噼里啪啦”炸开了。三伏天又像娃娃脸，说变就变，一变天还是如注的暴雨，熟透了却没来得及收割的麦子，一场雨，就全还给了老天爷，农人心里得多憋屈啊。

总感觉收麦那几天怪怪的，满巷子满村的人急匆匆奔来跑去，抬头，老天爷在天上捋着胡子找乐子：一会儿将脸一沉，满地人恨不得长出三头六臂以便颗粒归仓，你慌慌张张，他满头大汗，逗得老天爷“扑哧”又笑了。即使老天爷笑了大伙也不敢懈怠，赶前不赶后，用老人们的话说“老天爷变天比脱裤子还快呢”。

一年里，我们小孩子第一个满地跑着捡拾的就是麦穗。

挎笼提袋子，甚至扛耙耙，每个孩子都怀揣捡好拾好的念头，奔向满是麦茬的地里。麦茬坚硬地不屈不挠地挺立着，那时又太热，娃们多半穿凉鞋，划拉得脚边疼。不打紧，打紧的是要多多捡拾。心性猴急的孩子，满地跑，想着找成堆成片的麦穗，妄想一弯腰捡一捧，却往往跑了冤枉路。心细踏实的，确定一处，地毯式挨个捡挨个拾，也积少成多收获不少。当然也有幸运的成分，有时你会突然遇到地上的麦穗浅浅地铺了一层，很快就拾了不少。拿耙耙的孩子，也是心事重的，为了捡得多拾得快，只要看到麦秸，才不管是否有带头的麦穗，就很快用耙耙拢到一起，揽进笼里，回到家才慢慢掐麦穗。

孩子们捡麦穗热情高涨，最最重要的一个原因是捡拾回来的麦穗归自己处置，至少我家就是这样。捡拾的麦穗在院台子上被搓成麦粒，晾晒干，收拾起来，就由我支配了。敲着拨浪鼓的货郎来村里了，舀上半碗，就可以换回我喜欢的小玩意。当然还可以换大西瓜，供全家人享口福。

拾完麦穗，接下来就等着拾玉米棒子了。

生产队收完玉米，小孩子们就拎着笼进了地——地里还挺立着高高密密的玉米秆儿。按理说玉米棒子大，是不容易漏掉的。可我们依然可以从秆儿上找到被忽略的棒子。大多小而嫩，煮着吃，刚好。

不过相对于拾玉米棒子，我们更感兴趣的是玩与吃。

穿梭在玉米秆间，互相打闹逗趣。折断玉米秆，挥舞着敲打依旧挺立着的玉米秆，砰砰撞击着，玉米叶哗啦啦响着，不亦乐乎。那会儿最疯的是男孩子，将玉米秆假想成一个个敌人，自己则一秆在握，笑傲玉米秆江湖。甚至在玉米秆地里追逐撵打，冲撞了玉米秆，玉米秆也记仇呢，毫不客气地抽打着他们。

贪嘴的，满地里跑着找“甜甜秆”吃——“甜甜秆”就是甜的玉米秆。男孩子，干啥都野性十足。一脚踹过去，就踢倒了玉米秆，折断，不去皮直接就在茬口处看甜不甜。不甜，随手一扔，继续找。

玉米拾完就是捡红薯了。

挖完红薯的地里，我们拎着笼拿着小锄头再过一遍。别说，还真能捡到大人没有挖到的红薯。有时会捡拾一小堆呢，小得像根一样的也不放弃——我们不能吃，后院的家伙们也可以吃啊。

似乎只要有庄稼收过，我们小孩子就开始拾遗，多多少少总有收获。有时也挺纳闷，吃不饱的年月里，大人们那么惜粮，咋老有遗漏的？

儿时的我跟如今的孩子似乎一样，都没啥可吃的：一个是真的没东西填肚子，一个是吃得啥都不稀罕了。

1. “我一直觉得庄稼里最难说话的一定是麦子”中，“最难说话”是什么意思？结合文章谈谈你的理解。

2. 作者的“拾遗”，拾麦穗、拾玉米棒、拾红薯，详略不一，各有侧重，请按照示例分析。

示例：写拾麦穗，是详写。突出拾麦穗的艰辛和麦子能归为已有、换零食玩具的那种乐趣。

3. “有时也挺纳闷，吃不饱的年月里，大人们那么惜粮，咋老有遗漏的？”结合全文谈谈，这些遗漏，是不是就是大人们不惜粮？

4. 谈谈文章最后一段的作用。

**参考答案：**

1.（1）麦子长相刁钻；（2）麦熟时间正是农忙时节，天气变化无常；（3）孩子们拾麦穗常受麦茬伤腿之苦。（答出任意两点即可）

2. 写拾玉米棒，是详写。描写了在玉米地这个战场上的嬉戏以及吃甜秆秆的乐趣。

写拾红薯，是略写。简笔勾勒出拾红薯收获的愉悦和能替家庭分担责任的快乐。

3. 不是，这并不是大人们不惜粮。拾麦穗时，需要地毯式挨个捡挨个拾才能积少成多，幸运的才会遇到浅浅一层；从玉米秆上找到的是被忽略的小而嫩的玉米棒子；拾红薯也需要用小锄头再过一遍，连小得像根一样的都没有放过，由此可见，这些确实是惜粮的大人们用心收割后的“遗漏”。在物资匮乏的年代，孩子们在“拾漏”中收获的不仅仅是散落的麦穗、小而嫩的玉米、像根一样的红薯，而是在劳动中养成节约的美德，更加珍惜劳动成果。

4. 首尾呼应，结构浑然，从回忆中回到现实；引发思考，对现在物质生活富足的孩子不懂节约、不知珍惜的怅然。

## 愿你一直向阳成长

——写给爱子笃行二十岁生日

笃行，今天是你二十岁的生日。二十年前的今天，没有经得你的同意，我将你带到这个并不完美的世界，所以至今，我们还在向着美好进发。

我不煽情，可还是要说，快五十岁了，我后悔很多选择，悔得肠子发青，却绝不后悔最大的伤害，失败的婚姻。

——得以遇见你，我挚爱的孩子！

每每提及那段不堪的日子，看着你，我就深感宽慰。尽管你一直反驳我的想法，说了种种你所谓的美好的可能，似乎除了你，我还可能有很多没有你身上的缺点的完美孩子。我一直不接受你的这种说法，我不要那可能有百分之多少像你的孩子，哪怕他（她）完美得无懈可击，我只要你，包括你身上烦人的毛病或缺点！

此刻，你将跨进二十岁的门槛，而我，想到了二十岁时的自己：

满心憧憬，满腔热情，满眼热望，很多东西似乎只要伸手，就可以立马抓到自己面前。是的，以为只要有想法就可以实现，以为只要谈理想理想就会成真——丰富而华美的思想总比行动快得多。为了让思想不因孤单而伤心，因此一路匆匆前行。错过，收获；遗憾，欢喜。此起彼伏，倒也热热闹闹。

笃行，这就是二十岁，美如花开，甜似香飘，甜美得可以纵情欢歌，肆意行走，以为随手就可以给梦想插上翅膀一起翱翔。事实却是——

想来像张嘴喝水般简单的事，因为自己敷衍而搞砸；想来不努力都会唾手可得的事，因为有心人的介入而与自己无缘；想来不会有太大困难的事，因为自己的懈怠而失之毫厘谬以千里……任由挫败堆积如山，却从不细思自己的付出与努力，只怨天尤人。

笃行，我的孩子，二十岁，容易一刹那豪气冲天，也容易一瞬间自暴自弃。你得学着自控，学着引导自己去寻找那个更为美好的自己。我一直坚信，每个人，冥冥中都有个最最美好的自己在前面望眼欲穿地等着与我们合二为一，就是看我们是不是竭尽全力奔向他。

二十岁，梦想可以缤纷，脚下更要坚定；二十岁，爱好很美很多，真爱就更要坚如磐石；二十岁，可以享受美好，更要铿锵前行。二十岁是如诗如画的年龄，二十岁等着你吟诵出最美的诗，描绘出最美的画。

笃行，你的二十岁与我的二十岁相差二十八年。时过境迁，很多变化，不论好坏，都不是你我所能左右的。可是妈妈想，一切美好的品质，比如执着、坚韧、奋斗、乐观、正直……永远不会过时。我一直没有丢弃，愿你也一直拥有。

你是我的孩子，我却无法永远荫庇于你。你已经高出我很多很多，高得让我欣慰，高得足以让我依靠，哪里需要我的保护？而你，恰恰又是个很有思想的孩子，我能做的，就是远远地看着你，偶尔提示你注意一下脚下，适时纠正一下可能偏离的方向。这还需要你一直保护好善听的耳朵。

笃行，你有爱好，更有梦想，我渴望看到你二十岁飞奔的身影！

笃行啊，我的孩子，最美的芳华最容易着色，流下的汗水也会溢彩流光；最美的芳华最容易美梦成真，付出努力定然不会被辜负；最美的芳华最容易烙在记忆深处，你走过的路将见证你的优秀。成长路上自然少不了风雨，愿你能学会自我疗伤，继续风雨兼程；成长路上兴许也会侥幸获益，愿你能在意外成功后静思而更为慎重。

尽管我总在告诉你，你的高度就是你周围朋友的高度。拔高自己，成为优秀，才会吸引更多的优秀者。然而人生路上，你还是会无法避免地遇到形形色色的人，愿你能以慧心慧眼识别并远离“垃圾人”，愿你能够遗忘对别人做过的好，放下对伤害你的人的恨，轻松前行。

孩子，今天是你二十岁的生日，我将所有祝福化作一句话：

愿你一直向阳成长，快乐生活！

1. 说说“——得以遇见你，我挚爱的孩子”一句中破折号的作用。

2. 作者写“我”的二十岁有何用意？

3. 谈谈题目中“向阳成长”的含义。

4.“愿你一直向阳成长”是妈妈给爱子笃行最衷心的祝愿，最丰厚的成长礼，如果让你从文中选一句话送给正值青春的你，你会选哪一句，请说明理由。

**参考答案：**

1. 解释上文不后悔失败婚姻的原因，转入下文对孩子深情的爱恋；情感由晦暗变得明朗，同时也奠定了全文的感情基调。

2.（1）引出孩子的二十岁，并与之进行对比，让孩子明白不同的青春的个性与共性；（2）从自己的二十岁说起，拉近母子之间的距离，让谆谆教诲成了朋友间的平等交流；（3）以一个过来人的身份提示孩子，尽情享受美好，用一颗慧心甄别伤害，学会释然，轻松前行。由感性到理性，更容易让孩子接受。

3.“向阳成长”指竭尽全力奔向那个更好的自己。具体是指要保持执着、坚韧、乐观、正直的美好品质；不良情绪要学会自我控制；坚定自己追梦的步伐；坚守初心，善待珍爱，胜不骄败不馁。

4．答案不唯一，从内容和表达两个方面出发，结合自身实际谈即可。

示例：我选“你的高度就是你周围朋友的高度，拔高自己成为优秀才会吸引更多的优秀者”一句，理由是：这句话富含哲理，物以类聚人以群分，朋友就是自己最好的镜子，傅雷也说过“普天之下，赤子的心是相接相契的”，这句话会提醒我，只有修炼更好的自己，才会遇见更多和自己相似灵魂的人。

## 满意的状态

从来没有进入自己满意的生活状态，不论简单的物质，还是丰富的精神。对生活的要求真不高，只想妥妥地安置我的书们，让它们能比我这凡体肉身舒服点。说白了，物质可以匮乏，精神不可贫瘠。

事实是，我那可怜的精神似乎一直没有舒展过——

二十四年前刚参加工作，分了个宿办合一的小单间，十五平方米，陈设极为简单：

最里面是从两堆砖中支起来的床板，床板对面也是铺砖当底座，上面放置一个超大箱子——叠放衣物床单被罩等；进门即是一张办公桌、一把椅子和工作必需品，用来每天备课批改作业；床板与办公桌之间是个收纳锅碗瓢盆等做饭用具的小柜子，米面油及蔬菜在紧旁边的大纸箱里，冬天还得生个大铁炉取暖……

感觉房子里的每样东西，都缩手缩脚动弹不得。我一度猜测，精神脆弱或过于崇尚自由的人，看看那狭窄拥挤的场景定会崩溃。物质世界已经如此拥挤，精神世界——三大箱书——只好委屈地蜷缩在暗无天日的床下。

那时的我最最华美的理想就是有个书架，把三大箱书从潮湿的床下请出来。如今想来真可笑，即便有书架，又放在哪里？

床下潮湿，又是纸箱子，每年暑假，总会找两三天时间，把书们摆满宿舍前的砖台子，晒晒太阳，防潮。摆时，每一本书如何来到我身边，在哪里又如何淘到，便又跨越时空的阻隔在脑海中清晰起来。

那时想查个资料，真是翻箱倒柜，以至床头堆了很多书。好在一个人，睡觉也占不了多大空间，遂宽容了书们在床上撒欢。

后来，换了个大点的房子，刚好一朋友退下来个书架。是半夜，欣然取回。不是很大，竹的。书已经变成了五箱子了，书架容不下那么多，立马连夜挑选。哪些书值得上架，哪些书没实力挤上去，真是为难。换来换去，拿不定主意，每本书都是因为喜欢而请回家的，立马分出高下来厚此薄彼，真于心不忍，颇感为难。

奇怪的是，有了书架，很多书摆在眼前了，牵肠挂肚的，却常常是依旧在箱子里的书，如同当妈的总牵挂日子过得不好的孩子。

不久，孩子来了，一个孩子相当于一个兵团啊。各种启蒙书开始侵占书架，放儿歌的录音机也挤上了书架，各种玩具也拼了命挤上书架，书架对我的书们来说，又形同虚设。而顺手放在床上的书，随时可能被七八个月大的小家伙处以极刑。

而此时我的精神世界已经进行了大洗牌，托尔斯泰、莎士比亚、马尔克斯们已经被儿子挤得无处落脚。在为儿子编写着蹩脚拗口的儿歌时，无意间瞥见《老人与海》，心里很是愧疚。每每等到孩子入睡后，属于自己的精神世界，才又泛活了。

再后来，买了房，三室。儿子必须有独立的一间，父母来了应该有家的感觉。得，房子完了。买房前想得热血沸腾的是将有一个书房啊，为了不太亏欠自己，最后在父母的房子里做了面墙般大小的书橱。

或许生活就是这样，理想的宏图仅供参考，生活总与其风马牛不相及，非但不可较真，还得傻呵呵地继续赶路。站在那么大的书橱前，想着所有的书们都可以体面地存在了，挺知足的。才发现，多年奔波，一个家挪到另一个家，书被借走没还，而我已调离原单位。如此几次，以至书们散失很多，所剩只有两箱多一点。

回首，我跟我的书们一直没有处在令人满意的状态，可我已从一个文学爱好者成为文章屡屡被选入了中高考试卷的作家。在从不满意的状态下，我并不曾背离初心，一直艰难地与书相亲相爱，直到自己开始一本一本地写书。

或许，更多的人，从来都没有过满意的状态，只有饱满的心情吧。

1.“事实是，我那可怜的精神似乎一直没有舒展过——”，“一直没有舒展”在文中是指书的哪些遭遇？

2．说说下面加点词的含义。

（1）好在一个人，睡觉也占不了多大空间，遂宽容了书们在床上撒欢。

（2）而顺手放在床上的书，随时可能被七八个月大的小家伙处以极刑。

3．作者说，从未进入过满意的生活状态，读完全文之后思考，作者最终有没有进入“满意的生活状态”？

**参考答案：**

1.（1）二十四年前，三箱书在十五平方米的宿办室床下藏身；（2）换了稍微大了一点的房子，五箱子书得以在旧的竹书架上栖身；（3）孩子出世后，书又被玩具和儿童书挤得无处置身；（4）买了房子后，散失后的两箱多一点的书在整面墙的书架上体面安身。

2.（1）撒欢，本意是指因为兴奋而或跑或跳，这里用比拟手法，赋予静态的书以动态，形象地写出了书在床上随意摆放的舒展状态。

（2）极刑，大词小用，用幽默的语言写出了七八个月的孩子顽皮撕书的举动。

3．答案不唯一，言之成理即可。

示例1：已经进入满意状态。因为满意的状态就是让书找到宽松舒适的地方得以安放，“我”最终将那么多的书安放在了自己的精神世界里，通过阅读和写作的吸纳升华，相亲相爱，相互融进了彼此的生命里，对于书和作者而言，再也没有比这更好的生命状态了。

示例2：没有进入满意状态，因为作者说，我跟我的书们一直没有处在满意的状态。这既是一种对现状的客观描摹，也是生命不息、奋斗不止的客观规律，更是作者永不满足、积极向上的不竭动力。

## 那些不曾被辜负的“年”

也不知是从什么时候开始，缺少了仪式感的“年”开始被轻慢，被辜负……没了过年的喜庆与快乐，多了“度日如年”的负重与不堪。

——题记

儿时的记忆里，离过年还有好几天，家家户户的院子里就扬起了欢快的尘土：

前院，每间房子、每个角落都要仔仔细细地清扫。大人们登上梯子，屋顶的棚子也不会放过，都要轻轻拂去积尘；小孩们手拿抹布，每个窗台、每根窗棂也会细细擦拭；老人们手拿剪刀一旋一转，大红的喜庆的飞禽走兽就跃上了窗纸。

后院，也变得重要了。往日里凌乱的柴火堆，会被欢喜的手码得整整齐齐；低矮的杂物间，也被打理得整洁而有序；平日里闲散惯了的羊们，行动也受到了约束，被赶进了圈里。

清扫完卫生，心里膨胀着满满的成就感，学着大人，背起手，阔步走在院子里，有种检阅的感觉。或许就是那会儿，年味儿趁机溜进了每个庭院，开始悄悄地发酵，膨胀，只等某个时刻灿如烟花般炸开。

那几天，再小的孩子眼里都有干不完的活，不用催也不用喊，脚下跑得生欢。好像他们越勤快，年就来得越快。

我一直有种很奇怪的感觉：院子先过年，然后才轮到我们过年。

一两天后，忙活的就是女人了。

女人们得准备过年的吃食。贫穷中却要过出欢喜的年，她们的智慧就发挥到了极致。只有一种红薯，却可以变幻出多种花样：单独吃的甜甜的红薯丸子，衬菜碗的油炸红薯块，果盘里的红薯条、烤红薯片……油锅支起来了，不用皱鼻子都闻到了年的香甜味儿。小馋猫们围着锅台，不怕油溅，不怕熬眼，单单等着尝个鲜。

我很喜欢陪着哥哥去沟里砍柏树枝。那沟在七八里外，我们会带上吃的喝的，用一天的时间一路拖回来几枝柏树枝。借口砍柏树枝，尽情尽兴地疯玩一天，回来后个个都成了土猴子。听奶奶说，有种叫“年”的怪物，大年初一点燃柏树枝，就能把它熏得不敢来捣乱了。柏树枝的清香味我倒蛮喜欢的。

我的母亲总是在除夕的后半夜煮肉。肉很少，二三斤吧，没必要动厨房里的大铁锅，就在通着炕的火炉上煮。

我趴在炕沿上，眼睛死死地盯着火炉上的那口锅。热气出来了，水翻滚起来了，“咕咚咕咚”的声音比任何话语都有魅力。我就瞅着那口锅，似乎一眼没盯住它就会飞走似的。

肉香味儿跟着飘出来了，直往嘴里钻。可我还是贪婪地皱着鼻子使劲地吸。想想吧，美美地吸一口气，而后张开嘴巴，很陶醉地“啊——”，反反复复，宛如大口大口吃肉般香甜。一个晚上都在煮肉，明明已经熟了，母亲就是不揭锅盖，说着“肉烂自香”之类的话语。肉呢，离我近在咫尺又似远在天涯。

我擦着口水很无望地钻进了母亲早已铺好的热乎的被子里，枕边就是叠得整整齐齐的新衣服。摸着新衣服，闻着肉香，我就不停地问母亲，肉啥时熟？天啥时亮？母亲就笑着说，肉会熟的，天会亮的，得有耐心等呀。

已经钻进被窝里了，手摩挲着新衣服，却怎么也睡不着。越躺反倒越激动，越激动越想说话，越说话越清醒。母亲看着我们躺着又睡不着，就开始叮咛：

人家放炮时离远点，不要让火星子溅到衣服上；要爱惜衣服，不要到处乱坐，衣服得穿过正月十五；到别人家不要贪嘴，干活实诚，吃东西不能太实诚……

母亲的叮咛一句赶不得一句，而我心里装满了大大的欢喜，哪容得下那些琐琐碎碎的叮咛？

我总觉得大年初一的天绝不是自己亮起来的，是被孩子们欢喜的鞭炮吵醒的，是被熊熊燃烧的柏树枝照亮的。或者是几天前溜进来的年味儿，终于藏不住满心欢喜了，把持不住自己了，“轰”地一下把自己炸裂了，照亮了天。

一起床，先是到处跑着捡拾没响的散落的炮儿，母亲的叮咛早被密集的鞭炮声震得七零八落，衣服上尽是日后让母亲恼火的窟窿眼儿。也才不去理会冷不冷，呼朋唤友凑了一堆，东家西家挨家挨户进，主人见了孩子就塞点东西。一圈转下来，棋子豆、花生、红薯条、玉米花儿……兜里鼓鼓的。而后欢呼雀跃，去麦场斗鸡的，跑到镇上看热闹的，在墙角挤堆取暖的。到了晚上，灰头土脸却尽是欢喜，大人们的叮咛早已忘得一干二净。

这种欢快会持续到正月十五，真的是集中了一年的快乐！

多年后的今天，在每一个冷冷静静的年里，忆起儿时的过年，我就被浓浓的年味儿幸幸福福地淹没了。

好在，我还有回忆来温暖。

1. 那些不曾被辜负的“年”，具体体现在哪里？

2. 品味下列画线的词语，分析其表达效果。

（1）或许就是那会儿，年味儿趁机溜进了每个庭院，开始悄悄地发酵，膨胀，只等某个时刻灿如烟花般炸开。

（2）老人们剪刀一旋一转，大红的喜庆的飞禽走兽就跃上了窗纸。

3. 联系上下文，研读以下文段，用生动的语言描写作者所记叙的画面。

已经钻进被窝里了，手摩挲着新衣服，却怎么也睡不着。越躺反倒越激动，越激动越想说话，越说话越清醒。母亲看着我们躺着又睡不着，就开始叮咛：……

4. 文章结尾“好在，我有回忆来取暖”有什么深意？

**参考答案：**

1. 那些不曾被辜负的“年”，具体体现在：离过年还有好几天，家家户户的院子里就扬起了欢快的尘土，大人小孩都忙着打扫，连后院的柴草堆和杂物间都整理得整整齐齐；“我”跟着哥哥花一天时间去砍柏树枝回来，大年初一熏“年”；女人们用简单的食材费心做出各种花样小吃；母亲在炕边的火炉上炖肉，肉香诱人；“我”满心期待地穿上新衣服，去串门子、捡鞭炮，灰头土脸却尽是欢喜。

2.（1）“炸开”一词用到比喻的修辞，把年的到来比喻成烟花的炸开。写出了“我”对年的焦急盼望，表达了年来临之后，内心极度的欢喜。

（2）一个“跃”字赋予老人们剪出的飞禽走兽生命和活力。它们不是被贴上去的，而是活了一样，自己跃上了窗子。不仅表现了窗花的生动传神，更表达出“我”内心的快乐雀跃。

3. 画面描绘如下：橘色的灯光暖暖地跳跃着，炕边的火炉上咕噜咕噜地冒着热气。小女孩躺在被窝里，总是调皮地向外探出头，不时地吸吸鼻子，或者偷偷地转过身去摸摸放在旁边的新衣服。新衣服叠得整整齐齐，绣上去的小老虎活灵活现。她的母亲坐在旁边，温柔地拍着小女孩的被子，轻轻地哄她睡觉……

4. 文章的结尾“好在，我有回忆来取暖”，一个“好在”表达了往事充满快乐，那些“年”不曾被辜负，“我”内心满足且了无遗憾。而“有回忆来取暖”则充满忧伤。因为时代的发展，生活节奏的加快，缺少了仪式感的“年”开始被轻慢，被辜负……没了过年的喜庆与快乐，多了“度日如年”的负重与不堪。

## 快乐不打折

看着现在的孩子不是趴在电脑上就是玩手机，心里莫名地就升起一股悲哀：物质的充足冲淡了精神的享受，让快乐打折，使满足褪色。

我们曾经很贫穷，贫到总为吃穿发愁，到了地里就想着什么可以填进小肚子；穷到将铅笔头插进竹竿里为了用得彻底，拿起一根小树枝就可以在土地上画画写写巩固所学的知识。可不管怎样的贫与穷，丝毫不影响我们的快乐。

还记得我都五岁了才第一次吃到罐头，还是准备参军的舅舅带到我们家的，橘子罐头，橘子瓣像小鱼一样漂浮在汁儿里。

娘将爷爷奶奶叔叔婶子堂弟都叫到我们家里，才郑重其事地让爹拧开了那瓶罐头。好像是一人吃了一口还是两口，总之还没有尝出味道，就吃完了。

我跟堂弟乐得满脸通红，张大嘴巴哈着，好像空气里都有了橘子的味儿。以至此后几天，我见人就伸舌头哈气，告诉别人我吃罐头了，橘子的，问人家香不香。而那个罐头瓶，则成了我的“百宝瓶”，里面放着我得到的各种弹溜，各种纽扣，各种小玩意儿。每件东西取出来都有股橘子的香味儿。

一瓶罐头，让我快乐了好多天。

记忆里，我们家拥有第一辆自行车是1975年，还是从一家比较阔绰的亲戚家买的二手货。自行车到我们家的第一件事就是驮着我跟二哥去了二百里外的外婆家。

车把上挂着一个布袋子，里面是夹着辣子的馍馍，我们路上得吃。爹将五岁的我抱上车梁，他自己跨上去，一脚踩着地，娘再把七岁的二哥抱上后座。爹脚一蹬地，我们就出发了。

时间久了，坐得我的屁股疼，就不停地动着，爹就喊了：“不要动不要动，动了车头就不稳当了。”我实在受不了了，爹就停下来，让我跟哥哥在路边玩玩，他也歇会儿。我们摘野花，捉蝴蝶，而爹则满脸疼惜地擦着自行车。

爹一脚踩着地，让哥哥爬上后座，我们就又出发了。

一路上，我们走走停停，我看到了很多陌生的风景，看到铁轨，哭着闹着硬要爹等到火车来了再走。

后来两三年里，都是爹骑着自行车带着我们去外婆家，而我所有的兴奋与快乐都来自途中。途中休息时的玩耍，沿途遇到的人或事，令我满心都是期待的欢喜。有时我还跟二哥比赛跑上一段。

也是在我多年后依旧无比兴奋地回忆着那段日子时，爹才告诉我，那是为了节省车票。

那辆自行车是爹的专人坐骑，他很疼惜，有空就擦自行车，都不让娘学，说去哪里有他就行了。

九岁的大哥是不能跟着去外婆家的，没地方坐呀。可大哥却在悄悄地打着自行车的主意。趁爹跟娘不在家时，他就悄悄地把自行车推出去，在打麦场学着骑。我和二哥都知道他经常把自己跟自行车一道摔倒在地，他一起来即使疼得龇牙咧嘴，第一个看的也是自行车有没有划痕。他给我们编蝈蝈笼子，给我们许诺会骑了就带我们去玩，让我们不要告诉爹。有一次把膝盖都摔破了，流了很多血，疼得半天都没站起来，却还让我们替他仔细看看自行车。

大哥会骑了后，真的兑现了诺言，带着我或二哥在打麦场转了几圈。

多年后，我得意地跟娘说时，娘笑了，说就你们，肚里有几根花花肠子，你爹能不知道？你爹给我说了，不要管，男娃，不怕摔就好。

大概是我八九岁时，家里有了一台小收音机，我们每天都听评书，如《杨家将》《说岳全传》《隋唐演义》。时间久了，正听着没声音了，一着急就拍打小匣子，又出声了。于是就有了经验，没声音就拍打，拍拍打打就又响了。

又过了三年，家里有了台二手黑白电视。正看到精彩处，我想去厕所了，就闹着要关电视，说等我回来才能放：以为关了电视，打开后就会接着放。可回来后，打开，剧情变了，就以为是哥哥们趁我没在时偷着看了。

都十一二岁了还那么幼稚，是够傻的。

电视似乎看了有一年时间，就出问题了，二手货嘛，满屏幕都是雪花片。嗨，拍拍打打这种方式照样用。

以至多年后用电脑写作，突然死机，我第一反应就是拍打，儿子为此惊奇地瞪大了眼睛。于是我就开始给儿子讲我儿时的快乐，直听得他满眼羡慕……

1．作者回忆了童年时哪几件快乐的往事？请用简洁的语言概括在横线上。

①____________________→②爹带着二哥和我骑自行车去外婆家→③____________________。

2．联系上下文，研读以下文字，用对话的方式写出母亲和“我”的神态和情感。

多年后，我得意地跟娘说时，娘笑了，说就你们，肚里有几根花花肠子，你爹能不知道？

3．下面对文章的理解与分析不正确的一项是（　　）

A．文章开头从现在孩子们的快乐被物质冲淡引发回忆，表达了自己的童年虽然物质贫乏，但是快乐和满足从不褪色，从未打折。

B．二手的自行车虽然坐久了并不舒服，但是承载的却是随父母一起去外婆家的快乐和幸福。

C．文章的结尾儿子瞪大了眼睛是因为他从来没见过我这种奇特的修理电脑的方法，写出了儿子的孤陋寡闻。

D．本文的语言真诚质朴，毫无雕琢，为我们描绘了我的童年虽然物质不丰富，但是精神满足幸福、快乐从未打折的温暖往事。

4．文章的结尾，前文已有伏笔，请将它找出来，并结合前后文分析其作用。

**参考答案：**

1．① 全家人分吃一瓶橘子罐头，我用罐头瓶子装各种小玩意儿，快乐满足。→② 爹带着二哥和我骑自行车去外婆家，一路上充满快乐。→③ 用收音机收听评书，充满快乐；用二手电视机收看节目，虽然需要拍拍打打但是快乐无比。

2．根据作者记叙，再现对话如下：

我歪着头，用手揪着小辫子，心里的小秘密就要脱口而出了：

“娘，还记得家里那辆自行车不？被爹宝贝成啥样！”娘正坐在墙根里做针线活，她头也不抬，用嘴抿了抿线，笑了：“哼，就你们那点花花肠子，我和你爹还能不知道？”

3．C

4．前文的伏笔是：看着现在的孩子不是趴在电脑上就是玩手机，心里莫名地升起一股悲哀。作用：开头从现在的孩子虽然物质丰富、但是快乐被物质冲淡写起，写出了作者心里的淡淡悲哀，也激起了作者对自己童年快乐生活的深情回忆，奠定了全文的感情基调。结尾处与前文呼应，用儿子的惊奇和羡慕写出了儿子不曾拥有我童年时的快乐和满足，再次表达了对童年往事的怀念。

阅美文

# 努力，只为不辜负自己

张亚凌 著

西苑出版社

**图书在版编目（CIP）数据**

努力，只为不辜负自己 / 张亚凌著 . —北京：西苑出版社，2018.11

ISBN 978-7-5151-0702-8

Ⅰ. ①努… Ⅱ. ①张… Ⅲ. ①散文集－中国－当代 Ⅳ. ① I267

中国版本图书馆 CIP 数据核字（2018）第 244612 号

**努力，只为不辜负自己**

NULI, ZHI WEI BU GUFU ZIJI

出品人　赵　晖
责任编辑　陶永学　汪昊宇
特约策划　凌　翔
责任印刷　陈爱华　严令升
责任校对　刘娟娟
封面设计　戴　敏
出版发行　西苑出版社 XIYUAN PUBLISHING HOUSE
通讯地址　北京市朝阳区和平街 11 区 37 号楼　邮政编码：100013
电　　话　010-88636419　传真：010-84281520
　　　　　E-mail：xiyuanpub@163.com
印　　刷　三河市金元印装有限公司
经　　销　全国新华书店
开　　本　710 × 1000 毫米　1/16
字　　数　160 千字
印　　张　13
版　　次　2019 年 1 月第 1 版
印　　次　2019 年 1 月第 1 次印刷
书　　号　ISBN 978-7-5151-0702-8
定　　价　49.80 元

# 目　录

## 第三辑　有一种迷恋是自我修复



## 第四辑　一个和八个，甚至更多

## 第五辑　一刹那，深陷美好



## 第六辑　愿你一直向阳成长

## 第七辑　那些不曾被辜负的“年”



## 第八辑　腊月红梅

# 第一辑　年少的喜欢

# 感谢您，让我遇到了更优雅的自己

回首，穿越二十八年的时光，母校合阳中学在我的记忆里已浓缩成几帧温情的照片，而您，颜必人老师，是唯一不变的主角。

想想吧，一个肤色很黑，眯缝眼塌鼻梁又言语木讷的丑丫头，在此之前她觉得世界就是几里外的小镇那么大、那么阔气。当她踏进合阳中学的那一刻，是多么地局促不安、多么地诚惶诚恐。跟同学，她不敢随意开口讲话，害怕冒犯；面对老师，更是紧张到结巴。来自小村庄的她，被铺天盖地的自卑紧紧包裹着！一年后，当这个丑丫头读到“刘姥姥进大观园”那一章节时，她抿嘴笑了。县城孩子们的洋气她不敢奢望，可县城孩子们的大方与阳光却是她无法拒绝的诱惑。如果说每个孩子都像一座城堡的话，她的那座城堡应该是最悲情的——没有一扇窗户或者大门与外界相通。难耐的孤独，深深的自卑，那该是怎样的悲哀与绝望，足以让一个孩子窒息！

这，就是初进合阳中学的我，至今想起，都会心生疼惜。

如果不是遇到颜必人老师，我的人生定是另一番情形，绝不会像此刻，在文字里幸福着自己、播撒着温暖。我相信缘分的存在，就是在颜老师退休的前一年，我有幸成了他教学生涯里的最后一届学生。

颜老师喜欢写律诗，在阅读课上经常读给我们听，也经常在报刊上发表。写诗多好呀，读自己诗作时的颜老师意气风发踌躇满志，连人看上去也一下子年轻了很多。诗，竟是如此的美好，徜徉其间，人会忘了年龄；诗，竟是如此的神奇，浸染其间，人会变得洒脱飘逸。眼睛眨也不眨地看着读诗时的颜老师，心里充满了对他的敬意和对诗的向往。

记得一个周末，我正在睡觉，被“嗡嗡”的声音吵醒了。从被窝里爬起，看见母亲正在纺棉花：耕作了一天的母亲，连背影都是那么疲惫，她连连打着呵欠强打着精神。手臂将棉穗拉得老长老长，一圈又一圈，显得机械而固执。

此情此景，深深地触动了我，眼前又浮现出颜老师读自己诗作时的情形。为什么我不可以写诗？这个念头一冒出来，就像滴落在宣纸上的墨点，蓬蓬勃勃地洇成一片，心儿无法按捺地怦怦直跳。小心地穿上衣服起来，打开本子，笔尖如跳动的精灵，一个个字符蹦跳着欢呼着跑了出来。我的第一首诗《纺车情》就这样写了出来。

到了学校，我将它工工整整地誊写在给颜老师上交的笔记本上。笔记本一交给语文课代表，心里竟开始汹涌不安了：

颜老师会不会批评我不按要求写作业？

这样喷涌而出的句子能算诗吗？

颜老师会不会嘲笑我把句子拆开充当诗？

不懂修辞不讲技巧就像白开水一样的话语会是诗？

……

交了作业的我很是忐忑不安，甚至抱怨起自己的鲁莽来。紧接着的那节语文课，我一直没敢抬头——不敢直视颜老师！

终于下课了，颜老师已经走到了教室门口，突然，他回头说了句

“亚凌，出来一下”。我的脸一下子红了，是祸躲不过，该来的总要来，就硬着头皮走了出去。

颜老师从他的讲义夹里取出我的作业本。他显得很激动，是很高兴的那种激动，我悬着的心也终于放了下来。“好，写得好，就是好！”说话间颜老师打开了我的作业本。我看到红墨水写了满满一页，都是老师的感受与点评。颜老师再翻了过去，天哪，还有大半页。我一页稚嫩的诗换来颜老师一页半的点评，尽是洋洋洒洒的溢美之词。

记得那是个冬日，就在颜老师家的书桌上，我在稿纸上重新誊写了一遍人生里的第一首诗。而后，颜老师折好稿纸小心地装进准备好的信封里，他拿起剪子，剪去信封的右上角，并告诉我，投稿不用贴邮票。

那一天，颜老师跟我说了很多话，都是关于诗的，似乎他面对的是诗友而非自己才上高一的学生！多年后，当我面对那些优秀而喜欢写作的孩子们时，才真真切切地感受到了颜老师当年的心情。

作文课上，颜老师在自己任教的两个班上都读了我的诗，甚至大张旗鼓地表扬，以至下课后邻班的学生聚集在我们班教室外，看着我指指点点，还有人专门找我搭讪。就是那次，一向自卑的我有了自信，而且是满满的自信。似乎是沉睡了很久，一下子井喷式的爆发，一路急进，挤入优秀生的行列。

从那以后，每每与颜老师对视，总能读到不一样的疼惜。那种疼惜似乎强大无比，每每我有所懈怠时，眼前就浮现出他微笑着的神情，就重新打理好自己的心绪，继续整装上路，直至推开大学的校门。

今天的我，能以文字幸福自己并传递温暖给读者，真的很感谢与颜必人老师的相遇。倘若成长中不曾遇到他，我会不会一直憋屈在自卑的茧里而不会蜕变成今天较为优雅的自己？谢谢您，我的老师，遇见您，我才得以与更优雅的自己相拥！

## 幸好，没有成为自己曾讨厌的人

晨起锻炼回来，遇见个卖剥了皮的新鲜核桃的老人。问了句“核桃是今早新剥的”，直爽的老人直接砸了个核桃递给我，说先尝后买。我剥开看了看，里面的黄皮儿没干，就随手放在一旁，开始给自己装核桃。老人准备称时，我将那个砸开的核桃放了进去。“你是个好人。”老人笑着说了句。

不好意思地笑了，目光与四十年前的一个小姑娘相撞，她，也笑了。我好像听见她说，谢谢你，没有成为让我讨厌的人。

四十年前，母亲挎着大笼，我拎着小篮子，走了八里路，去镇上卖小脆瓜。那天有集市。到了镇上，母亲跟我就在往来行人较多的路边蹲了下来。母亲见大家不断地问“甜不甜”，一咬牙，找了个小而模样丑点的，用刀切成小块，说先尝后买。似乎那时候很少或者没有人这样做，母亲的做法使得我们跟前一下子拥了好多人，他们排队品尝，尝完就走了，真买的并不多。

我抿着嘴唇，馋馋地看着那个用小刀子一块一块削着让人尝的瓜，母亲摸着我的头说，渴了喝水，咱带着呢。我委屈得直想抹泪，忍住了，母亲不也没吃一口？

尽管母亲用小刀削得并不厚，一个瓜还是不经尝就没了。“得尝，不尝咋知道甜不甜？”在人群里有了这样的声音后，母亲心一横，又切开一个让大家尝尝，期待着他们尝后满脸笑意称点瓜。

有个母亲竟然拉着因眼馋而哭泣的小孩说，你都切开了，把我娃都馋哭了，叫我娃也尝一点。这话一下子引燃了我的委屈，我喷火般喊了起来：“我拎着一路，还坐了半天，都没尝一丁点，我都没哭，他哭啥……都尝，尝，尝，又没人买……”没说完，我就哭得稀里哗啦。母亲给那个孩子切了一片，也切了一片塞进我嘴里，我生生地吐出来！

那次瓜没卖完，倒是被尝了四个，我数得清清楚楚。第四个瓜快被尝完时我才急哭的。集市散了，我耷拉着脑袋，满心憋屈，一摇一摆磨磨蹭蹭地拎着篮子往回走。

母亲笑着摸着我的头安慰道，剩下的，回去后，我娃跟你哥尽饱吃。

“我长大了，才不做占便宜的人。”我发泄般大声对母亲吼道。母亲回应道，对，我娃大了，就做个不让人讨厌的好人，不占别人便宜。

如今想来，哪有人愿意做让别人讨厌的坏人，只是兜里没钱又嘴馋罢了。那些不受人欢迎的人，静下来时，恐怕连自己都讨厌自己了。

而今，在街头，在农贸市场，我不能判断瓜果甜不甜时，也可能尝一口，即便不甜，尝后也会买下那个，哪怕象征性地给五毛钱或一块钱。小到一个核桃，大到事业发展，我都恪守着不占便宜、不投机取巧的原则——怕自己一不小心成为让当年那个小丫头讨厌的人。

幸好，没有。

## 青春里的那些事

失去的觉得美好，拥有的倒像在煎熬，这样说“青春”，似乎毫不过分。

别看我现在一场讲座讲两三个钟头，不带稿子还让读者觉得精彩。其实青春期的我很腼腆，是那种因自知而后自卑的腼腆，腼腆里更多的成分是胆怯、是退缩、是封闭自我。在那段有人觉得乱花飞扬、有人觉得兵荒马乱的青春里，我，更像个观众。

十七岁，日子像夏天的旱冰场上滚动的轮子，迅猛而飞扬。再腼腆的人，都有要突破自己的欲望，我就曾半推半就地跟着宿舍的女友们去了一次旱冰场。

换上旱冰鞋，扶着栏杆，女友们已像散开的花般开遍旱冰场。而我却小心翼翼，一步一步，尝试着挪动。挺好的，看着快乐宛如融入快乐。一个青春的身影闪现在我眼前。“我带你吧。”那是一张纯粹的脸庞，灿烂，明媚，洁净。

手被牵住的那一刻，耳根发烫。跟班里男生都没说过话却被陌生的年轻人牵手，该多么窘迫。一圈，一圈，感觉眼迷离起来，心飘忽起来，果断地找了个借口提前离开，再也没有去过第二次。

至今没有学会滑旱冰，却因为被陌生的青春牵过手，旱冰场成了记忆里最温情的场合。

十八岁，那年高三。在大家铆足劲你追我赶想挤过高考的独木桥时，我目睹了一场支离破碎的青春。

她是个沉默的女孩，长相没特点，学习很普通。她没朋友吧，没见过她跟哪位女生凑在一起说过悄悄话，或者打打闹闹放松一下。我注意到她，仅仅因为我们穿薄毛衣了她还裹着大棉袄，我们穿短袖了她还穿着长罩衫。她是突然消失的。有人说，她转学了。更多的人说，她跟我们班一男生（说得有名有姓）在一起出事了。

记忆里那个男生依然上学，不久参加高考。而她，却没有将自己青春的身影留在毕业照上。

这件与我无关的事却让我的青春很压抑，甚至恐惧。以至污浊了十七岁旱冰场的美好。独处时我会看着自己的手，顿觉全身冰凉。

多年后，每每看到青春的男孩女孩走在一起，我似乎就看到了一个臃肿的身影、凄惨的面容。我现在特别喜欢给青春的女孩说“保护好自己”这一话题，或许源于我目睹了那一场青春的香消玉殒，怕有女孩赴其后尘。

凡事有度，就不那么可怕了。这是我多年后才想通的。可青春里推不开的孤独，孤独得想抱着取暖。青春里泛滥着的任性，任性得无所顾忌、恣意妄为、不管后果。而青春的单薄与无助，酿出的苦果却可能受害一生！

十九岁的青春里簇拥的多是尴尬。其实我就读的只是小城市的小学校——渭南师范专科学校，学生里档次最高的莫过于渭南市里的孩子。

一看到穿皮鞋的女生，我就低头看自己的运动鞋；一看到跟男生如哥们般随意相处的女生，我就想到自己几乎没跟男生说过话；一看到各种才艺表演，我就默默地唱国歌——我唯一能完整唱下来的；一看到别的女孩上街买衣服，我就想起给母亲做出的“绝不乱花钱”的承诺……

十九岁乃至以后的青春，大学校园里的青春，只是一天天匆匆复匆匆的重复，波澜不惊，没有惊喜，似乎也没有颜色。我将自己囚禁在了阅览室与图书馆间。

多年后才知道，最浓最鲜亮的色彩，一定是自己着的。只有自己才会下那么大的功夫打扮出最美好的自己，我对今天的自己没有失望。

说来不怕你笑话，在这里说着青春，我没有说得有声有色，你也不会听得满眼艳羡。因为我从来都没有成为青春舞台上的主角，我只是旁观了别人美好而热烈的青春，偶尔也瞅见了惨淡的青春。我的青春，只留下轻轻浅浅的痕迹，似乎只为表明，我，也有过青春罢了。

# 别怕，向前再迈一步

刚上初三那阵子，是我最最疲惫不堪的时期，以至我开始怀疑自己的智商，是不是真的就像别人说的“满满一斗，鸡啄了一口——不够数”。

一上数学课，我的脑子就成了糨糊，绝对是高黏度、谁也搅不开的糨糊：越集中注意力越跟不上趟，越要自己认真静心脑子越像千军万马飞奔而过的跑马场——扬起的飞尘隔断了我对知识的接收。连我自己都搞不懂是没听懂还是压根儿就没听进去，堂堂课下来，脑子乱糟糟的，以至我都想把脑子拎出来用手好好捋一捋，看看到底哪里短路了。

上课没听懂，问同学，讲解时我听得很清楚，可一握笔，又不会了。再问别的同学，照旧。天哪，莫非我真笨到不可救药了吗？真恨不得拎起自己的头发，把那个蠢货扔进太平洋！

我觉得自己再坚持不下来了，想想也是：

跟我一道从赵家村小学考进坊镇中学的有四十多个孩子，辍学的很多，到初三就只剩下五个了。或许，我也该辍学了。在村里上小学时，我的学习成绩就不怎么突出，人家比我学习好的都辍学了啊。听说邻班有个孩子，学习学到精神衰弱，到最后还是辍学了。我可不想到了那个地步再……如果一定是个坏结果，早来早结束。

一个周末，我怯怯地说出了自己的想法，那会儿，我挥动着锄头随父母在地里干活。

“上学有名堂了享福的是你，你要愿意像我跟你爸一样，天天黑水汗流地背着太阳过日子，那就不上了。反正女娃迟早要嫁，识几个字不叫人当瓜怂就行了。”

我能听出母亲话语里的不满，也习惯了她的“反话”，偶尔还大着胆顶撞她几句。被我气急了，她大不了把巴掌举起老高，临了又会无力地放下，骂我一句“冤家”。我偷偷地瞄着父亲，我很怕他。在家里他很少说话，可大小事都是他一锤定音。特别对我们兄妹，他一开口就是一道令人恐惧的雷霆，只能缴械投降，没有任何商量余地。

我在等着他表态。

“你，把劲儿都使上了？”父亲开了口，停了一会儿，又问，“铆足劲了？”我没敢点头，因为我知道，给父亲发出的随便一句话、一个动作乃至一个表情都是收不回来的，都得慎重。与其说我愣在了那里，不如说是对父亲的敬畏把我堵在了那里。“再试一段，我想看看我女儿是不是真的脑子堵严实了，一点窍都不开。”

父亲说这话时，直视着我，看得我心里怪怪的，不知是害怕还是对自己的失望，突然有种想哭的感觉：第一次感觉到学习不好是件伤自尊的、自己无法接受的事！

我又去了学校，一切风平浪静，没有人知道发生了什么，而我，变了。

我第一次大着胆子找到了数学老师，向他倾诉了我的困惑。我对数学老师说自己想把他讲的每句话每个字都记住，他在黑板上写的所有例题所有过程我都丝毫不差地抄下来……我像豁出去般一直自顾自说着，数学老师就一直看着我，笑着。

“用力过猛也不是好事情，你的心太重了，倒不容易听进老师讲的知识了……”那次，我第一次发现，数学老师并不像课堂上那么威严，他还会开玩笑啊。老师自己也很惊奇，说你学数学那么努力那么辛苦，咋都不跟老师交流？我就那么可怕，直等到你绝望得快要放弃时才想到找我？

我不好意思地笑了。

调整好心态，加之老师有意的关注，我再次回归到正常的数学学习中。

在以后的日子里，我常常想起那段数学学习的艰难时期，不管什么原因所致，我都庆幸自己坚持下来了。否则，哪里会遇到今天的自己呢？

## 那些年，我用过的本子和笔

二十世纪七十年代上学的人都知道本子跟笔的金贵。

我是个刻苦用功的孩子，本子自然用得快，看着自己一页页做过的功课很有满足感，但想到又得向大人要钱买本子就很沮丧。心情像过山车，时而欣喜时而忐忑，都是懂事惹的祸。

在我用过的本子里，印象最深的是“报纸本”。母亲不知从哪里找了一些报纸，裁成本子大小，用针线纳在一起，厚厚的一沓，给我当练习本。

当我把它放在书桌上时，先是同桌一声惊叫，而后就围了好些人。毫不夸张地说，有的同学还没见过没摸过报纸呢。我得意地给他们说，这是报纸做的本子，没见过吧。那个本子虽然只能做练习本，却真的是物尽其用：铅笔写第一遍，圆珠笔写第二遍，钢笔写第三遍，最后还练了毛笔字，还是正反面都用。

与那个本子相伴的日子，我骄傲得一蹦一跳，走路都没踩实过。这个特殊的本子之所以在我的记忆里晃来晃去，是因为那时候拥有一张报纸都是很稀罕的。它是我们班第一个也是唯一一个用报纸做的本子。

我拥有过最自豪的“报纸本”，也忘不了最丢人的“作业本”。我叫它“作业本”，是因为它是从别人的作业本里“变”出来的本子：

我到亲戚家，亲戚家的孩子把我带到她爸工作的学校。正值周末，她知道我爱学习，突发奇想，问我，咱俩给你造个本子出来，咋样？

造本子？天方夜谭啊，那得造纸厂才做得出来！

她解释说她爸爸桌子上的那么多作业本，每本揭下来一页，再装订起来，不就是个新本子？我当时没考虑这种事对还是不对，只关心人家孩子会不会发现。她说不会的，从后面，轻轻启开订书针，揭下一页纸，再摁下订书针就行。

我也觉得主意不错，白给本子谁不要？我们就行动起来，进行了一半，才觉得不妥，心里不踏实了，说我不想要了，被人家孩子发现就糟了。那时我想的，只是怕被发现后的不好，倒不是自觉而深刻地意识到这件事本身是错误的。已经揭下来了的，就订了一个本子，我始终没有带到学校——有做贼心虚的感觉。

不过，我还真的自己制造过本子呢。

母亲去城里，有个亲戚的亲戚在造纸厂上班，将一些大小不一的边角料纸张带回家，分给有孩子上学的亲戚家。碰巧我那家亲戚的孩子比较讲究，嫌自家用纸做的本子粗糙，我的母亲就千恩万谢地给我带了回来。

当母亲打开包袱，那么多纸片出现在我面前时，眼睛一刹那都亮了，而后是不好意思地挠着头看着母亲笑。母亲拍了一下我的脑袋，说傻女儿，现在就开始，想整成咋样的本子随你！

我将纸片按大小形状分了几堆，而后再裁剪整齐，就有了好几个很厚的大小不一的本子。那些被裁剪下来的更小的边角料，我也大概收拾整齐，用线纳成了一个更小的本子。那个小小本子揣在兜里很方便，我就将每天新学的东西记在上面，有空就掏出来看看，对我巩固知识帮助蛮大的。

除了必须给老师交的，或者老师要检查的，我还选择了“自然书写”。树枝是笔，大地是纸，我就在地上写写算算。操场，我家院子，打麦场，都曾是我的练习本，都是我不掏钱就可以随便用的超大型本子。

本子如此艰难，笔呢？

我最早使用的笔自然是铅笔。记得开始时不大会削，快削好时就断了，很是心疼，只想剁了自己的笨手。铅笔用到手指都握不住了，也舍不得扔掉，就发明了一种方法：弄来一小段竹竿，前面轻轻分开，将铅笔头塞进去，再绑牢固，就可以继续写了。需要一截一截地往外拔着用，直至真的无法再用。这个用笔习惯，一直保持到高中毕业。贫穷而智慧的日子，总能做到物尽其用。我的第一支圆珠笔是得到的奖品，骄傲得放了大半年就是舍不得用。我的第一支钢笔是哥哥用过的，已经换过两次钢笔头了。

我想说的，是别的“笔”。

那时教室里没有粉笔盒，老师们上课都是自己带两三根粉笔，用不完就又带回去。偶尔会幸运地捡到粉笔头（同学们都在捡，座位靠前的概率自然大，我是傻大个，坐在最后一排）就揣在衣兜里舍不得用。我攒了好几个粉笔头，就蠢蠢欲动了，想做件轰轰烈烈的大事，最后决定，在我家大门一侧的青砖上写下大大的粗粗的“张亚凌的家”。结果“张亚”刚写完，没粉笔了。二哥挖苦道“张呀，再张呀”，让我既尴尬又沮丧。

小树枝也曾是我的笔。

为了节约本子，我喜欢在地上写写背背。只是树枝划出的字看不清楚，没多少成就感，写再多，也刺激不了我。孩子的小心思，就是想让别人看到并肯定自己，甚至羡慕自己的努力。

那时我家唯一的电器就是手电筒，一次母亲让我扔了软得没电的电池。是闲得手痒痒没事找事吧，我就砸电池，发现了里面有根黑黑的棒棒。嘿！在地上一划拉，留下一条墨迹。这不是“黑粉笔”吗？那一刻，我很是兴奋，恨不得蹦起来告诉全世界的人，我拥有了一支完整的黑色粉笔。

只要蹲下去，就是满地的纸，一下子解决了两个大问题。老师让背诵啥，我就在地上抄着、读着，背诵得特别快。到了大复习时，我就在操场上写着背着。想想吧，我站起来，一看，一大片黑黑的笔迹，都是我写的，多有成就感。也有很多孩子围观，羡慕我的黑粉笔，也评论我的字。经常在地上写，我的字是越写越好看。就是那碳棒，我整个初中阶段都没用完。

一下子唠叨了这么多，突然觉得有点对不起眼前的电脑了：它替代了我的笔与本子，我又何曾像过去疼惜本子与笔那样珍爱它？

# 橡皮擦的记忆

对橡皮擦的记忆极深，源于我性格的缺憾——苛求完美，这一点让自己跟身边的人都不舒服。还有重要的一点，就是使用橡皮擦的方式对动手能力极差的我来说，简直就是极限挑战：擦得轻，痕迹会诡异地笑我无用奈何不了它；擦得重，纸上的褶皱或破洞会刺得我眼疼。

我是个毛手毛脚的人，拿捏不准的就是轻重与深浅，这个毛病到了今天还延伸到与人交往上，不知进退与深浅，愈演愈烈。

一直惧怕使用橡皮擦，对它敬而远之。有，却努力不用。

写字做作业都很用心极小心，唯恐出错。再说了，擦得再干净，我总能看出隐隐的墨痕，心里很不爽。二分钱一块橡皮擦，别的孩子一学期买好几块，两年了我的橡皮擦还像新的一样。

换了几个同桌，似乎都喜欢用橡皮擦，擦时很开心很带劲，甚至还有节奏地哼着。或许，她们将用橡皮擦的时间段当作理直气壮的休息吧。她们频频写错，频频擦，有点乐此不疲。

有时我也纳闷，她们干吗擦得那么漫不经心甚至欢天喜地？以至我们玩跳格子游戏时，得先用粉笔在地上画格子，我一次就画得很规范，她们却嘻哈着画得扭七裂八，而后喊着“错了错了”，便用穿着布鞋的脚胡乱抹去，继续画，笑着闹着，越画越不像样，就像在自己的本子上写字做作业那样随意。

或许，总想着可以随时修改，就会放松甚至放纵自己，犯错也就成了无所谓。

后来，有了一种闻起来香香的橡皮擦，糖也没有它那么香。橡皮擦也不再只是方块，有了各种造型很是好看。我也跟风买了一块，有时写作业时凑近鼻子闻闻，蛮香的。连一向自律的我也曾萌生出一个念头：用它擦擦，效果怎样？

——心头一凛：香的橡皮擦，是诱惑写错吗？

再后来，我见识到了一种别样的“橡皮擦”——刀片。填各种档案时，钢笔写的出错了简直无法补救，那时小城还没有涂改液，更没有可擦笔。有位姓王的男同事，他会很轻巧地用刀片轻轻刮去墨痕，真的不留痕迹，让我佩服得五体投地。大家填表时都喜欢喊上他，或是围绕在他周围，以便随时得到援助。奇怪的是，相较于不跟王同事在一起填表的，跟他的那伙人出错率极高，还嘻嘻哈哈，全然没有犯错后的不安。

是不是可以随意“修改”才无畏地做错？

从橡皮擦到刀片，是不是所有的错都有掩饰的方法？

经常信誓旦旦地说“白纸黑字”如何如何，白纸上的黑字尚可如此随便，其他的错是不是也如此？

只是一想，我已汗涔涔。

# 年少的喜欢

单人单桌，彼此距离一米有余，这是初中一年级期中考试的考场，我在监考。说真的，我一直觉得“监考”其实就是传递一种对学生自律精神的不信任，做老师二十多年了，我很不喜欢“监考教师”这个身份，也期待无人监考诚信答卷的到来。

此情此景，让我想起了三十五年前作为初一学生的我第一次参加期中考试的情形——

那时，考试都是不同年级的学生做同桌，以岔开的方式防止抄照。初一的我，跟初三的一个男生成了考试同桌。

他一定是个优秀的大哥哥！

我只是用余光瞥了他一眼，就很坚定地得出了这个答案。他白白净净的，脸上是一抹浅浅的笑，看起来很内敛，不像我们班的傻小子，全身都是野气与傻气。我断定他优秀，多少有点以貌取人。然而在以后的岁月里，我秉承“以貌取人”的做法却从未错过，人的内在修养会深深地影响其外貌和神情。

他做题的速度很快，像不大思考就直接写出答案似的。他的字，像他的人一样帅气而含蓄。第一门考试时，我根本没有集中精力答卷：因为坐了那样一个临时同桌而倍觉幸运，脸蛋一定是红红的，心里激荡着欢喜啊；自己缩趴在桌子的一角，想让他无拘无束地趴好答好；也记住了他的名字，那应该是最美好的名字吧，以至多年后我带的班里有个孩子跟他的名字相近我都分外关照……

记得第二门考试时，我察觉到他可能需要橡皮，就悄悄地把自己的橡皮推到他的前面。他犹豫了一下，手伸了过来，轻轻擦拭后，放在了中间。他虽不曾看我，我却听到了更轻的一声“谢谢”。那门考试后，他离开了，我才拿回那块橡皮，脸上有滚烫的感觉，似乎我摸到的，是他的手。而后，那块橡皮就被我珍藏起来，再也没有用过。

那时每次考完试，学校都会一个年级出一张长长的红榜，从第一名排到最后一名，用来激励学生。我是农民的孩子，一直觉得这种做法不过分：成绩怎么会是隐私呢？作为一个孩子，丢了四季庄稼跑去学校不好好努力，哪里对得起挥汗如雨的父母？扯远了。出榜那天，我没有去看自己的成绩，倒是迫不及待地跑到初三红榜下面。那个名字的确在最前面，看上去，依然那么内敛，似乎还有点害羞呢。

再后来，在校园里，我还“偶遇”过他几次，那是我动用小心眼多次在他们教室门口穿梭创造出的“偶然”。他似乎没有看见我，总是很平静而又很坚定地走向自己的方向。直到有一天，我们“不小心”撞了个满怀，他才很抱歉地问我“没事吧”。我也才第一次直视他的眼睛：大而干净。至今想起那一刻，涌上心头的，还是“干净”二字。或许源于此吧，我期待我带的孩子们都有双干净的眼睛。

看样子，他压根就不知道我是他上次的“考试同桌”，自然更不会知道一次考试就被我“惦记”上了。

那时的我，学习中等吧，性格颇有女汉子的味道，是我们班的班长。

也是从那以后，我开始改变自己，开始沉静下来，从性格到学习——也想让自己的名字骄傲地出现在红榜最前面！

再后来还考了几次，在我强烈的期盼中，却迎来了一个又一个的失望——再也没有跟他做过考试同桌了。沮丧之余，也释然了：所谓幸运，哪会经常发生呢？再说了，人不能太自私，也应该让更多的人感受到他的美好，不是吗？

当我成了初二初三的学生后，看着旁边初一的小弟弟小妹妹，就想起了他，想起他就希望自己也能给他们一个美丽的梦，为他们领跑一段，如同当年的那个大哥哥。

如今想来，年少时莫名的喜欢，轻轻浅浅，却滋养出一片美好。

其实人生有很多“偶然”，遇到有心人，则会扭转方向产生“趋同心理”，成为相似的一类人。就像今天的我，因为偶遇那位大哥哥，拨开了成长中的迷雾，看清了自己前行的方向，才没有辜负走过的每一个日子，遇见了较为美好的自己。

# 伴我走过泥泞的人

小时候，被母亲逼着上学，为了逃学想尽法子，终究胳膊拧不过大腿，只能正儿八经地上学了。说“正儿八经”有点惭愧，只是不再逃学了，至于心在哪里，只有我自己知道。

刚开始，我很不适应，上课反应不是慢，而是很迟钝。连老师开个玩笑或同学调皮捣蛋，我都是看见周围人哈哈大笑，才想起此处应该笑，便配合着傻笑。以至今天条件反射般，在某些场合，别人一开玩笑说“此处应该有……”，我就想起儿时傻傻的自己。

年幼的记忆里，窗外的世界永远比教室里美好，哪怕下雨、飘雪。倘使老师惩罚哪个顽皮淘气的孩子站在教室外面，我的心和目光一定会陪伴他整节课。只是我的思想抛锚很安静，不易被老师察觉到罢了。

至今还记得自己二年级时的壮举：

四十多年前，一颗水果糖，舔一舔又包裹起来可以吃一两个月。我破天荒地得到了两块奶糖，是大舅从北京带回来的。我舍不得吃，带到了学校。我直接走进了学校门口的传达室，瞅着那个每天摇着铃儿决定上下课的老爷爷，把糖放在他的桌子上，说："给你糖，你叫下课时间长点，上课时间短点。"我很认真地说出了自己的想法。

老爷爷没有收我的糖，笑着答应了我。不过他也提了要求：我每天下课都要到他这里来，给他讲我在课堂上听了啥，我说得越多，他就让上课的时间越短。

我欢快地蹦着跳着离开了。那节课我听得很认真——下课后得给老爷爷讲啊。

我是个较真的傻孩子，每节课下后，都会跑过去找老爷爷，给他说上课听到的。走时总忘不了叮嘱老爷爷，下课的铃摇得再早点，老爷爷总是乐呵呵地答应。

瞧，小时候就是这样没出息，为了少在教室里待，竟然行贿。每节课下后，我都跑去给老爷爷说老师讲了啥，有时说着说着竟然会想起提醒老爷爷，是不是该摇上课铃了，而后风一般跑回教室。

我很快乐，上课时间似乎由我掌管着。一次，给老爷爷说着说着还插了一句"上节课是不是有点短，还没听完就下课了"。老爷爷说，哦，那下次就长点。

这种情况好像持续了大半个学期，我还从老爷爷那里得到过一支彩色铅笔。后来情况就变了，我好像不太笨了，还因为上课表现突出当了小组长，快乐起来了，也忙得没时间找老爷爷了，以至每次经过传达室门口时都觉得不好意思，快快地低头走过而不敢向里看，好像是自己遗弃了老爷爷。

原以为再也不会找老爷爷了，没想到三年级时发生的一件事，让我和老爷爷又有了联系。

班里有个很厉害的女同学，叫她 A 吧，她的双色圆珠笔丢了。那时，双色圆珠笔是很稀罕的宝贝啊。也不知为什么，她断定是梅在中午活动时偷的。那个时间，我明明看见梅一直在操场的大树下蹲着，一个人。梅，几乎就是刚上学时的我，笨笨的，沉默的。也不知出于什么原因，我站出来为梅作证，说一定不是她拿的，我看见她那时就在操场上。世间的事真荒唐，没道理的荒唐，我竟然因此成了梅的同伙，被霸道的A带着一群女生给孤立了。

或许就是那时，我察觉到小孩子可恶起来才没底线。昨天还跟你好得像亲姐妹，今天就跟A一起不搭理你了。身为小组长的我，连作业也收不起来了，她们拧成一股绳跟我作对。好在还有几个男生交，我还有作业送给老师。那时感觉自己像被扔上沙滩的鱼，可怜极了。

“过来小丫头，都到冬天了咋还有霜打的茄子？”一天，我耷拉着脑袋从传达室门口路过时，被老爷爷叫住了——他在小窗口那里冲我做鬼脸呢。

捧着老爷爷火炉里取出的热乎乎的烤红薯，我给他说了我可怜的遭遇。老爷爷笑了，说傻丫头，人要捏，也是拣软柿子捏，你越弯下腰，越方便人家骑上去。腰挺直，谁都不怕，学校还能没有王法了？还有老师呢。

从传达室里出来，我就回到教室里收作业。

“你不交？我给老师说去！”我大声说出这句话时，好些同学像受了惊吓似的抬起了头。A似乎也很吃惊，取出了作业，我一把夺过。后面的作业，收得出乎意料的顺利。

收作业事件后，有些同学又主动跟我说话了，连A，在我面前也不再嚣张了。

我给老爷爷说时，他笑了，说你可不能欺负别的娃娃哟。我像鸡啄米般使劲地点着头。

日子又变得欢快起来……

多年后，才感受到了往日岁月里的疼惜，想去拜访老爷爷时，他早已作古。每每忆起，都觉得自己曾辜负了一段美好。

# 突然长大

有时人会突然长大的，没有过渡也没有前奏，毫无征兆，就像曾经的我。

我的父亲言语木讷，勤劳到闲不住，可家里的日子还是像竹筛底——尽是穷窟窿眼。相对于那些头脑活络的人轻轻松松地过着舒心的日子，父亲越努力越像个打脸的笑话。

不说别的，单是我们那点学费，几乎每次都是母亲觍颜从亲朋好友那里借来的。我的外公外婆都瞧不起这个窝囊的女婿，母亲自己倒能接受这种现实。每每我们对父亲不满时，她会打着圆场说“日子还是越来越好了”。有时我真想问问母亲：

“全世界都用上电灯了咱们家也不用煤油灯就叫越来越好？”

“挨家挨户都是自来水咱家不喝窖水了就是日子好了？”

“这种好起来的日子跟父亲有关系吗？”

“……”

我想，只要我开口，一定会用滔滔不绝的话语噎住母亲的，只是，我忍心让母亲难堪吗？可是从心里，我非但看不起父亲，还充满抱怨：

人常说“男人轮一拳，女的干半年”，母亲的辛苦不都源于他的无能？

“张富贵？哼，就那榆木疙瘩，好运气都叫名字叫跑了。还‘富贵’？人得靠脑子过活。”

我经过时，巷子里几个人正围在一起闲聊，说这话的是个叫启财的男人，他语音未落我恰好路过。

“张富贵”，就是我父亲的大名。被他羞辱的这个人的十三岁的小女儿恰好路过，他没有一丁点的歉意，目光落在我身上时还张扬着轻蔑的笑。

我第一次觉得目光原来能伤人，也第一次想用目光将眼前这副嘴脸千刀万剐。我走过时，看着他，狠狠地响亮地砸过去一句“吃人饭拉狗屎”。被一个小屁孩像老人那样辱骂，一定是很尴尬的事，大人们立马散开了。也就是从那一刻起，我开始变得敏感而易于受伤。从巷子里走过时，但凡有人说我父亲的名字，我会停下来，咳嗽几声……意思是，我在，别说我父亲坏话。

是的，只要我在，就决不允许谁伤害我的父亲，即使他依然是我眼里把日子过得窝窝囊囊的人，即使他依然让我为了几块钱反复掂量最后放弃。也是那以后，我更加努力地学习：我绝对不能被人瞧不起，像父亲那样窝囊地过一辈子！

发了狠地近乎苛刻地要求自己，我得以在一群孩子里脱颖而出！我不再像过去那样叽叽喳喳说个不停，时间会从吧唧吧唧的嘴角溜走；也不再像过去那样没有耐心，一有不会的题就烦躁不安就想放弃……我开始不放过不会的题，问同学问老师，直问到自己心里清明如水；我开始注意自己的言行，努力向最优雅的女生看齐，直到自己的耳边响起赞美的声音。我距离曾经的自己，越来越远。

就像母亲给别人说的那样，我家凌儿突然就懂事了，学习像坐了火箭，一下子变得很厉害。

人是可以一刹那长大的，当你被伤了颜面伤透了心时，当你觉得自己应该扛起什么时，就像从巷子里经过时的我。

# 第二辑　藏在心底的花们

# 两棵树

办公室外有两棵树，蓬散的桃树，笔挺的玉兰。

每年似乎同时开花。小心地用了“似乎”是心虚，一向迟钝的我，每年注意到它们时，就已经是一树怒放的粉红，一树害羞如白玉，还真没留意到谁先来谁又后到。

桃树具有少女的情怀，所有的浪漫与心事，无遮无掩，一股脑儿都捧到了你的面前，一树繁花，满眼粉红，接纳不接纳，随你。玉兰则走了另一个极端，沉静高贵地矜持着，内敛含蓄地伫立着。不试探，不靠近，远远地，只在静默里等待。“等待”二字或许都是我的多情，它似乎已沉浸在独处的美好里了。

我不大喜欢凑近桃树，尽管她热情地张扬着，殷勤地舞动着。

一是怕她自来熟，一见来人就黏上来，叽叽喳喳说个没完没了。二是嗅觉有意见，太近，浓郁的花香近乎刺鼻。三是视觉不愉快，太近，繁盛的碎花会占据你整个视线，进而霸道地占据你所有的心理空间，你会有种被淹没的恐惧感。

倒是常常牵挂并看望不召不唤的玉兰，也不介意她的拿捏，或者，冷艳，她好像有种不可抗拒的气场。

常常先是远观，觉得秀气得失真。像求证般靠近，再靠近，甚至走到树下，伸手，有点胆怯——想摸摸那看上去有着白玉般质感的花瓣儿。与玉兰处，视觉极为舒服：不娇不艳，不蔓不枝，不言不语，以至只留下我在树下，任凭欢喜漫上心头，荡漾在脸颊。

人这种动物无论面对什么，永远都摆不脱一个臭毛病——喜欢对比，喜欢一厢情愿地瞎琢磨。就像此刻的我，看着桃树与玉兰，立马丧失理性，陷入对比中。

说桃树香味重，只怪自己太贪距离太近。后退，再后退，到了合适的距离，深深吸一口，便会觉得“芬芳”不是形容词，而是调皮地挠着心儿的动词。玉兰树小花少，即便憋足劲地开，也连不成片啊。

把桃树跟玉兰比，不管偏爱哪个，都像让黄牛跟猴子比，嫌黄牛太大不精致，嫌猴子太小难承重，哪有可比性啊，倒是比出了人的幼稚与无聊。

不比了，继续观赏树吧。

有些人就像桃树，打眼一看，魅力无穷，靠近，肤浅聒噪得让你窒息，美感顿失。有些人像玉兰，即便跟自己，也朵朵分明，不拥不挤，开得从容而宁静，给彼此以空间。桃树那样的人，自我膨胀到没有对方的空间；玉兰那样的人，谦和到将自己压缩让对方随便。

人呀，孤寂时喜欢抱团取暖，欢愉时又容易自我，所以有时喜欢桃树有时又离不开玉兰。需要别人的陪伴，又不愿意完全敞开心扉，适当的距离是相处的前提。太近了一转身就会伤了彼此，太远了没个呼应少了慰藉。桃树过于热情，玉兰恰到好处。

呸呸，思想又抛锚了，又胡思乱想了。

干吗要对比？那两棵树倘若知晓，是伤心还是嘲笑？

桃树顾自灿烂，玉兰顾自静默，彼此无碍，干你何事？喜欢就多看，厌倦就走开，树们是挽留你看，还是花们祈求你赏？纯粹庸人自扰，幸亏没扰到眼前的树。

树的心花的情，浮躁的我们哪里有资格解读？哪里又解读得明白？

桃树张开所有的手臂捧着花送给你，玉兰高高挺立不惊不扰，美得各具情态。站立树下肆无忌惮地讨论树，宛如当面对人指指点点又无实质帮助，脸红不？心亏不？

你喜欢或不喜欢，它都在那里，努力地顺从着自己的意愿，好好生长。

仅此而已。

就你多事。

嗨——人就这毛病，自己该干的都干不好，却有心情有精力看别人的笑话，甚至，看树的笑话。

# 生命一次，美丽一次

也不知是在哪一天，我家养的仙人球上突然冒出一个小芽儿，原准备掰掉，转念又想，算了，它原本就不引人注意，随它去吧。

过了半个月吧，小芽儿长得已有小拇指般大小了。一个月后，又冒高了一大截，像根绿柱子。记得我当时还开玩笑道："任它疯长去，看能成啥精？"

"妈，好漂亮的花！"那天下午六点左右，随着女儿一声惊叫，我跑了过去。

仙人球上的绿柱子开花了！淡黄色，花朵很大，几乎是从绿柱子中间绽开的，淡淡的花香飘散着，很美丽！

沉醉其中好长一段时间，我才想起同样爱花的好友，忙打电话邀她来分享这意外的惊喜。她匆匆赶来时，花瓣已合拢。不会只开几小时吧？兴许明天还会开。

我想错了，第二天，太阳一出来它就耷拉下来，彻底得让人心疼和绝望：整个儿软软地垂下来……我心里只觉得很是遗憾：两三个月的努力，只换取了那几个小时的灿烂。仙人球，你有思想吗？这，就是你乐意接受的生活？

一连好几天，我满脑子都是仙人球上那朵只开了几个小时的淡黄色的花，只觉得大自然太不公平、太残忍了！从迎春花到梅花，都可以泼泼洒洒地怒放，为何只对你这般吝啬？莫非大自然也如俗人般只愿锦上添花而不肯雪中送炭？

直到今天，我看到了另一种花，才理解了你。

依米生长在非洲的戈壁滩上，花呈四瓣，每瓣自成一色，红白蓝黄。在那里，根系庞大的植物才可能得以生存，而依米的根，只有一条，蜿蜒盘曲插入地底深处。通常，它要花费五年的时间来完成根茎的穿插工作，然后再一点点积蓄养分。在第六年春，才吐绿绽翠。然后仅仅两天，花朵便同母株一起香消玉殒！

仙人球的花和依米何等相似，一次，仅仅是极为短暂的一次，却需要长时间坚韧不拔的进取和历尽艰辛的跋涉，以至耗尽毕生的精力！可它们似乎以其独特的生命方式向我们昭告：生命一次，美丽一次，只一次，也便无怨无悔、了无遗憾！

人生的道路远比仙人球、依米小花漫长，是因为漫长而迁就放纵自己，或是因为漫长而懈怠浪费生命？一个个旭日东升的良辰，我们还在蒙头大睡；一个个清爽的月下，我们竟兴致极高地在“长城”上厮厮杀杀；心情好时，“人生得意须尽欢”，以此为由寻找所谓的快乐；心情糟糕时，又以娱乐排遣忧愁。我们从未考虑过用“开花”来诠释自己生命的价值，还抱怨一无所获。

小小的仙人球，你让我看到了自己那歪歪扭扭的脚印，帮我读懂了生命——生命一次，便要美丽一次！

# 月饼的记忆

“稻香村”“华美”“安琪”，放在那里，可儿子就是没感觉，还嘟哝说“吃啥不好吃月饼，没劲”。他爱理不理的样子让我很心痛。目光穿越到四十多年前，我看见了那个小馋猫。

儿时的月饼一直是母亲做的。

离中秋节还有好些天，母亲在醒好的面里放进芝麻、茴香、椒叶，就开始揉面。揉得筋筋道道，而后切成小块，再擀成圆圆溜溜的面饼。抹层油压个饼，七八个摞在一起，一箅子能摆好几摞。面醒软和了，才放进大锅里蒸。在母亲揭开锅的一刹那，那些曾死死地压在一起的面饼们都骄傲地鼓了起来，还在晃动呢。这些月饼要在大太阳下美美地晒，直晒到干硬干硬的。再等到中秋节，才可以吃的。

一直以为天底下所有的月饼都像母亲做的那样，直到我六岁那年。

快中秋时舅舅从部队回来了，说给我们带了一包月饼。不等舅舅的身影在小巷子里消失，我立马跑回家，趴到八仙桌边，拆开舅舅带的东西：

这是月饼？小小的圆圆的，比母亲做的小多了，不过厚得多。八个，摆了两层。

我刚拿了一个准备凑近鼻子闻，被赶进来的哥哥一把夺下，训斥我“你长嘴就为了吃”。我瞪了他一眼，长嘴不就是为了吃东西，莫不是为了像他那样，训妹妹？母亲也进来了，笑着拍了一下我的小脑袋，说晚上人齐了一起吃。

那一天，六岁的我就坐在院台子上，啥也不想做，眼巴巴地等着天黑。天黑得真慢啊，我恨不得拿个大帘子，把天遮住。天，终于黑实在了。母亲说，凌儿小腿快，把大门关了——月饼见了生人就不香了。

母亲取出月饼，还没打开，我就喊：八个，一人一个还多一个。谁知母亲取出四个放在一边，说明天送给爷爷奶奶。我膨胀着的欢喜就像被针刺了一下，破成碎片。剩下四个了，我们兄妹五个，还有俩大人，一人半个？说不定大人不吃，我小，得吃一个……

我动用小心思胡乱猜想着，母亲就端着大盘子进来了，手里还握着一把筷子。一个月饼被母亲切成了四块，那一个人吃几块？我的小脑子又开始盘算了。

母亲说，拿着筷子吃，得有吃样。

还没算清楚一人吃几块的我问母亲能吃几块时，她笑了，说想吃几块就吃几块。母亲没动筷子，大姐让母亲也尝尝。母亲说，妈啥好吃的都吃过，你们吃。我心里一阵窃喜。

剩下最后一块了。我在家排行老小，嘴又馋，遇到这样的情形，总是一眼不眨地紧盯着吃食，单等被默许，就急切而毫不推让地占有它。哥哥姐姐们看着我笑着，我“噌”地伸出筷子，夹住，放在手心里。

剩下最后一块了，吃完就没了，得慢慢吃。我右手捏着月饼，左手小心地在下面接着，怕酥酥的月饼掉下皮屑。眼睛不好意思地扫视了一圈：开始时我就吃得快，现在又多吃。尽量放慢速度，慢慢地吃，细细地品，吃完后还要舔舔掉在左手心上的月饼皮屑，真好吃啊。

不过，儿时记忆里买来的月饼只吃了那么一次，以后又恢复成母亲做的。

那时不只是月饼，家里但凡有啥稀罕的吃食，母亲都要分些给奶奶爷爷送去，哪怕是外婆舍不得吃带给我们的，哪怕只有一点。

看着眼前被孩子冷落的月饼，突然觉得，童年的月饼，尤其是母亲做的，是最幸福的。

# 满意的状态

从来没有进入自己满意的生活状态，不论简单的物质，还是丰富的精神。对生活的要求真不高，只想妥妥地安置我的书们，让它们能比我这凡体肉身舒服点。说白了，物质可以匮乏，精神不可贫瘠。

事实是，我那可怜的精神似乎一直没有舒展过——

二十四年前刚参加工作，分了个宿办合一的小单间，十五平方米，陈设极为简单：

最里面是从两堆砖中支起来的床板，床板对面也是铺砖当底座，上面放置一个超大箱子——叠放衣物床单被罩等；进门即是一张办公桌、一把椅子和工作必需品，用来每天备课批改作业；床板与办公桌之间是个收纳锅碗瓢盆等做饭用具的小柜子，米面油及蔬菜在紧旁边的大纸箱里，冬天还得生个大铁炉取暖……

感觉房子里的每样东西，都缩手缩脚动弹不得。我一度猜测，精神脆弱或过于崇尚自由的人，看看那狭窄拥挤的场景定会崩溃。物质世界已经如此拥挤，精神世界——三大箱书只好委屈地蜷缩在暗无天日的床下。

那时的我最最华美的理想就是有个书架，把三大箱书从潮湿的床下请出来。如今想来真可笑，即便有书架，又放在哪里？

床下潮湿，又是纸箱子，每年暑假，总会找两三天时间，把书们摆满宿舍前的砖台子，晒晒太阳，防潮。摆时，每一本书如何来到我身边，在哪里又如何淘到，便又跨越时空的阻隔在脑海中清晰起来。

那时想查个资料，真是翻箱倒柜，以至床头堆了很多书。好在一个人，睡觉也占不了多大空间，遂宽容了书们在床上撒欢。

后来，换了个大点的房子，刚好一朋友退下来个书架。是半夜，欣然取回。不是很大，竹的。书已经变成了五箱子了，书架容不下那么多，立马连夜挑选。哪些书值得上架，哪些书没实力挤上去，真是为难。换来换去，拿不定主意，每本书都是因为喜欢而请回家的，立马分出高下来厚此薄彼，真于心不忍，颇感为难。

奇怪的是，有了书架，很多书摆在眼前了，牵肠挂肚的，却常常是依旧在箱子里的书，如同当妈的总牵挂日子过得不好的孩子。

不久，孩子来了，一个孩子相当于一个兵团啊。各种启蒙书开始侵占书架，放儿歌的录音机也挤上了书架，各种玩具也拼了命挤上书架，书架对我的书们来说，又形同虚设。而顺手放在床上的书，随时可能被七八个月大的小家伙处以极刑。

而此时我的精神世界已经进行了大洗牌，托尔斯泰、莎士比亚、马尔克斯们已经被儿子挤得无处落脚。在为儿子编写着蹩脚拗口的儿歌时，无意间瞥见《老人与海》，心里很是愧疚。每每等到孩子入睡后，属于自己的精神世界，才又泛活了。

再后来，买了房，三室。儿子必须有独立的一间，父母来了应该有家的感觉。得，房子完了。买房前想得热血沸腾的是将有一个书房啊，为了不太亏欠自己，最后在父母的房子里做了面墙般大小的书橱。

或许生活就是这样，理想的宏图仅供参考，生活总与其风马牛不相及，非但不可较真，还得傻呵呵地继续赶路。站在那么大的书橱前，想着所有的书们都可以体面地存在了，挺知足的。才发现，多年奔波，一个家挪到另一个家，书被借走没还，而我已调离原单位。如此几次，以至书们散失很多，所剩只有两箱多一点。

回首，我跟我的书们一直没有处在令人满意的状态，可我已从一个文学爱好者成为文章屡屡被选入了中高考试卷的作家。在从不满意的状态下，我并不曾背离初心，一直艰难地与书相亲相爱，直到自己开始一本一本地写书。

或许，更多的人，从来都没有过满意的状态，只有饱满的心情吧。

# 快乐不打折

看着现在的孩子不是趴在电脑上就是玩手机，心里莫名地就升起一股悲哀：物质的充足冲淡了精神的享受，让快乐打折，使满足褪色。

我们曾经很贫穷，贫到总为吃穿发愁，到了地里就想着什么可以填进小肚子；穷到将铅笔头插进竹竿里为了用得彻底，拿起一根小树枝就可以在土地上画画写写巩固所学的知识。可不管怎样的贫与穷，丝毫不影响我们的快乐。

还记得我都五岁了才第一次吃到罐头，还是准备参军的舅舅带到我们家的，橘子罐头，橘子瓣像小鱼一样漂浮在汁儿里。

娘将爷爷奶奶叔叔婶子堂弟都叫到我们家里，才郑重其事地让爹拧开了那瓶罐头。好像是一人吃了一口还是两口，总之还没有尝出味道，就吃完了。

我跟堂弟乐得满脸通红，张大嘴巴哈着，好像空气里都有了橘子的味儿。以至此后几天，我见人就伸舌头哈气，告诉别人我吃罐头了，橘子的，问人家香不香。而那个罐头瓶，则成了我的“百宝瓶”，里面放着我得到的各种弹溜，各种纽扣，各种小玩意儿。每件东西取出来都有股橘子的香味儿。

一瓶罐头，让我快乐了好多天。

记忆里，我们家拥有第一辆自行车是 1975 年，还是从一家比较阔绰的亲戚家买的二手货。自行车到我们家的第一件事就是驮着我跟二哥去了二百里外的外婆家。

车把上挂着一个布袋子，里面是夹着辣子的馍馍，我们路上得吃。爹将五岁的我抱上车梁，他自己跨上去，一脚踩着地，娘再把七岁的二哥抱上后座。爹脚一蹬地，我们就出发了。

时间久了，坐得我的屁股疼，就不停地动着，爹就喊了："不要动不要动，动了车头就不稳当了。"我实在受不了了，爹就停下来，让我跟哥哥在路边玩玩，他也歇会儿。我们摘野花，捉蝴蝶，而爹则满脸疼惜地擦着自行车。

爹一脚踩着地，让哥哥爬上后座，我们就又出发了。

一路上，我们走走停停，我看到了很多陌生的风景，看到铁轨，哭着闹着硬要爹等到火车来了再走。

后来两三年里，都是爹骑着自行车带着我们去外婆家，而我所有的兴奋与快乐都来自途中。途中休息时的玩耍，沿途遇到的人或事，令我满心都是期待的欢喜。有时我还跟二哥比赛跑上一段。

也是在我多年后依旧无比兴奋地回忆着那段日子时，爹才告诉我，那是为了节省车票。

那辆自行车是爹的专人坐骑，他很疼惜，有空就擦自行车，都不让娘学，说去哪里有他就行了。

九岁的大哥是不能跟着去外婆家的，没地方坐呀。可大哥却在悄悄地打着自行车的主意。趁爹跟娘不在家时，他就悄悄地把自行车推出去，在打麦场学着骑。我和二哥都知道他经常把自己跟自行车一道摔倒在地，他一起来即使疼得龇牙咧嘴，第一个看的也是自行车有没有划痕。他给我们编蝈蝈笼子，给我们许诺会骑了就带我们去玩，让我们不要告诉爹。有一次把膝盖都摔破了，流了很多血，疼得半天都没站起来，却还让我们替他仔细看看自行车。

大哥会骑了后，真的兑现了诺言，带着我或二哥在打麦场转了几圈。

多年后，我得意地跟娘说时，娘笑了，说就你们，肚里有几根花花肠子，你爹能不知道？你爹给我说了，不要管，男娃，不怕摔就好。

大概是我八九岁时，家里有了一台小收音机，我们每天都听评书，如《杨家将》《说岳全传》《隋唐演义》。时间久了，正听着没声音了，一着急就拍打小匣子，又出声了。于是就有了经验，没声音就拍打，拍拍打打就又响了。

又过了三年，家里有了台二手黑白电视。正看到精彩处，我想去厕所了，就闹着要关电视，说等我回来才能放：以为关了电视，打开后就会接着放。可回来后，打开，剧情变了，就以为是哥哥们趁我没在时偷着看了。

都十一二岁了还那么幼稚，是够傻的。

电视似乎看了有一年时间，就出问题了，二手货嘛，满屏幕都是雪花片。嗨，拍拍打打这种方式照样用。

以至多年后用电脑写作，突然死机，我第一反应就是拍打，儿子为此惊奇地瞪大了眼睛。于是我就开始给儿子讲我儿时的快乐，直听得他满眼羡慕……

# 把日子过成花

记忆里，再清苦的日子，母亲也能让它开成花。

四十年前，熬米汤粘锅底了，母亲是不会立马洗锅的，灶下再加把火，软火，悠悠地烧着。我们都拥挤在锅边：像变魔术般，先是紧粘在锅底的米饭干了，变黄了，眼看着四周就翘起来了，不一会儿，整个锅底粘的米饭被烤得屁股发烫，蹦了起来。母亲夸张地拍一下手，欢喜爬满脸颊，把那么大的“锅底”拎出来。哇！吃第一口的是案板。小心地切成片，刚撒上盐巴花椒粉都等不及搅拌一下，我们的小爪子就上去了。脆生生的，可好吃了。

多年后拿起锅巴，才知道节俭的母亲早已给我做出了无任何添加的绿色锅巴。

母亲更是菜尽其用。

每一次，葱吃完了，她会把葱胡子洗干净，晾晒着。谁受了凉有了寒气，葱胡子一煮就可以逐寒。蒜要出芽了，没事，不急，干脆养成蒜苗吃。碰到切剩的萝卜头，母亲就放在碟子里，倒些水，单单等着发芽了。白菜，母亲总是一层一层剥着吃，剥到小如手心大时，感觉像翡翠般，最得母亲的厚爱。她似乎从来不把白菜吃完，白菜心就放在碗里，倒些水，等着绽放开花了。灰暗的厨房，窗台却因为母亲的爱美，多了些景致。

而今流行的水养，不就是母亲当年的做法？爱美的人，会一直欢快地走在前面，哪里会落伍？

母亲几乎没买过花盆，养的花花草草倒摆满了院里的花墙。

破损得无法继续奉献自己的洋瓷盆、搪瓷盆、瓦罐、碗、木箱子，都被母亲用来养花种草，蛮接地气的。花呢，也都是极寻常的：铺盆草、育儿花、烧汤花、厚脸皮、蝎子草、薄荷、打碗碗花、菊花、芍药等。

院子里长满花花草草，看着都柔柔软软，人又哪里会脾气火爆？大点声都怕惊扰了花草们欢喜的笑脸。或许真与有花草有关，我们一家人性情都比较温和——宽而容，自然平而和。

母亲喜欢收拾家，她常说，穷家富家，就看女人勤快不。她的巧手，常常化腐朽为神奇。

花花绿绿的毛衣毛裤穿旧了，母亲拆了后钩出来色彩明丽、图案也不错的毛线毯子。记得更早的时候，方便面还是稀罕的吃食。母亲突发奇想，收集了很多方便面袋子。剪开，洗干净，而后剪成一条一条，折叠成一朵一朵的花儿，串成了好看的帘子。大小雪碧饮料瓶，她拿起剪刀，一会儿工夫，就成了一束俏丽的花。建筑工地用过的小轱辘，母亲钩个套，就是坐凳。

在母亲眼里，压根就没有废物。她过日子，好像很少扔啥。她老说，放对了地方都是宝。

母亲把日子过成了花，我们就都生活在了芬芳里。

# 幸福的耳朵

相对于劳碌的手疲惫的脚，我的耳朵最幸福。偏偏它还最无私，又会万分慷慨毫无保留地将自己的幸福快速传递给心——我的心才是最会坐享其成的家伙。

## 一

回乡下看望老父亲。

巷子口，俩老姊妹在闲聊，说到巷子里一年轻人寻短见的事。“活在世上，谁还能遇不到难事？天无绝人之路，都是人自家往绝路上走。”

这句话一下子击中了我，说这话的是雪花婶，她满头银发，一脸风轻云淡。雪花婶还不到二十七岁时，丈夫在一次意外中故去，留下三个孩子，最小的才几个月。极端贫穷的岁月，一个妇道人家独自拉扯三个孩子的艰辛不是三言两语可以道出的，如今不也都个个成人个个出息了？

挺一挺，就挺出了一条路。

哪有绝人之路，分明是自个觉得已是穷途已到末路，不愿再走。心先瘫了，散了，脚底下就不得劲了，就疲沓了，就懒得走了。

## 二

正在咖啡厅跟朋友闲聊，突然听到一个很高的声音。

“你到街上瞅瞅，两条腿走路的，哪个不是满心委屈？”说话的是个满脸沧桑的中年女人，她对面坐着一个十八九的小伙子。“这社会不是你一个人的，是大家的，人人都想咋就咋，不全乱套了？……”

突然脸红了：常常觉得全世界的委屈都揣在自己心窝里，好像自己是最憋屈的人，看什么都不顺眼都不舒心，哪里会由己及人地想到“两条腿走路的都满心委屈”？

不要把自己的委屈膨胀到无限大，谁会想起给你使绊？大家要是真的都给你使绊，你该多醒目多重要。

一句不是说给我听的话，却让我醍醐灌顶，走出了狭窄的自己。

## 三

感谢那次聊天，让我对同济大学的马博导有了更多的了解：他从来没有因选择而为难的事，他的世界明朗到黑白分明。

很简单。要开车，哪怕你劝破嘴皮子他也断然不会喝一丁点酒。他说，人得有敬畏心，心里得有把尺子。不敢把规则当摆设，无视它就会被惩戒。

他说，一见面就给你拍胸脯，说遇事找他帮你摆平的人，最好离他远点——咱本身就守规则，不需要摆平什么，把自己摆放好就行了。而那种人，其实就是挑战规则的人……

他一脸平和，语气舒缓，不偏激不沉重，一副穿过大风迎过大浪的气度。

耳朵听见，心里沉淀，看似风平浪静，常常尽是芬芳。

耳朵越幸福，心儿就越舒适。

## 记忆里那些善解人意的树

目光每每从树上抚过，心儿就变得异常柔软：世界上没有丑的树，没有令人生厌的树，只有善解人意到足以承受一切的树。记忆深处挺立着一棵棵骄傲的树，那些树在一次次回忆里越发葱茏。

母亲说，那时你哥才九岁，又闹情绪又撅嘴巴，上学时也得拉上不到四岁的你姐。又添了你，全是吃闲饭的嘴。我得下地挣工分换粮食吃，就只能带着你出工干活。到了地头，用布带子把你绑在树身子上，大家伙累得黑水汗流的，都打趣地说你最幸福。你那时真乖，很少哭。可能是饿吧，抓起土疙瘩就往嘴里送，常常满嘴都是泥。那会儿地头都有树，到哪块地里干活就把你绑到地头的树身子上……

在母亲的讲述中，一棵棵树就在我眼前生动起来了。难怪我这么皮实，原来是跟树打了多年的交道，有树的“不记疤只顾长”的性子。

母亲又说，我在家里忙着干活，你爬来爬去还是不安全，一不留神你就爬出家或爬到后院。好不容易把你塞进摇摇椅里，你一摇一晃就翻了倒了。我觉得还是把你绑在院子中间的树上心里才算安稳。你都一岁多了，能走了，我还是忙，还是顾不上跟着你跑，还是把你绑在树上……

母亲扬起了手臂，手背从眼睛上抹过。我拽了一下她的衣襟，说没事没事，你看我现在不是好好的吗？母亲又说，怕是落下了毛病吧，你都几岁了，一做错啥事，就跑到院子里的树底下，紧紧地抱着树，小心地看着大人，以至大人都不忍心打你骂你了。

难怪我看着院子里那棵树觉得很是亲切，原来是有感情了。

村头池塘的半腰处也有一棵树，竟然与池塘的水面平行。夏季池塘水多时，我们女孩子里胆大点的，就小小心心从树根往前爬去，差不多了，就分坐在树杈间，小腿儿很舒服地划拉着水，很是惬意。不过池塘里不安分的小子们满肚子坏水，扯着树枝晃呀晃，我们吓得尖叫不已，既害怕又刺激。更有甚者，赤条条从水里就爬上柳树，羞得我们赶忙闭上眼睛。也有厉害的女生，兜里揣满土疙瘩，随时袭击在池塘里游泳的看着不顺眼的傻小子。欢声笑语就在池塘上空荡漾开来。

常常想起池塘边的那棵树，它该不是为了贪玩调皮的我们而生？

似乎每次外出遇到滂沱大雨束手无策时，近旁总会有树，那时也总会忘记有雷电不要靠近树的常识，所幸有惊无险，只有感恩。似乎登所有的山时，哪怕是石山，有烈日的狰狞就有树冠的体恤，即便烈日炎炎，我对所有的山也没有畏惧。

似乎，只要需要，就会有树，从来没有让我失望过。

回望，那些最善解人意的树啊，依然在记忆里郁郁葱葱。

# 藏在心底的花们

晨起坐在书房，透过窗子看着漫天飞舞的雪花，突然想起儿时，“花儿”无处不在。那时对于美好的向往，并没有因为贫穷而打折扣。好像所有的快乐与美好，都是从母亲嘴边溜出来的。

不信？随我穿越几十年的岁月看看去。

母亲切葱时会说“妈给咱切葱花”，葱白在她的刀下显得很听话，就那么一圈一圈倒下去，倒成层层绽放的花。红萝卜也很可爱，母亲高兴起来，也会给我切个萝卜花，玩后进嘴，美了眼也甜了嘴。

童年的美好离不开母亲。母亲是极睿智的导演还是聪明绝顶的魔术师？没有道具也可以让我的童年欢声笑语四处迸溅。

母亲说话似乎离不开“花”。菜已吃完的碟子，她也会说有“油花花”呢，不能浪费。几乎是水煮菜，天知道有几滴油。可母亲的“油花花”一出口，我们就争着抢着用馍将碟子擦拭一遍，而后吃了沾满油花花的馍块。

连一不小心掉在桌子上的馍渣渣，母亲也叫“馍花花”。她会说，看，把馍花花掉桌子上了。好像每一个馍渣都是绽开的花，都在冲着我们憨笑，都在说，看，我们也是花，要珍惜哟。

或许是受了母亲的影响吧，从小，我似乎一听到“花”，心地就异乎寻常地柔软，就无法抗拒，满心里只有疼爱。哪怕是——

“水花”。

火炉上放着锅，水开了，咕嘟咕嘟翻滚着，像极了大朵大朵的花。母亲并不急着做接下来该做的事，她会说，看，大水花，多精神。多年后看一篇文章，作者惊叹于西北地区的人把白开水叫“牡丹花水”时，我笑了，心怀美好的人，看啥都像花，不是吗?

还有“冰花”。

下雪后结冰了，窗户玻璃上好像炸裂了般，嘘——“炸裂”这个词儿若被母亲听见，会训斥我的。老一辈人都叫它“窗花”，母亲哪能例外?例外的是，母亲会陪着我看它，用最简单又最神奇的语言描绘它。至今还记得母亲临了的惊叹，“谁能都能不过老天爷啊！”

我从来不会歧视农民，他们没有云里雾里的空大，他们的朴素是穿过浮华直逼真理的。这点认识或许就源自母亲吧。

即便去地里除草，母亲也会先感慨野花开得真好，只遗憾开错了地儿。她会说，再好看的花，开错了地方都可惜了。继而会说，再聪明的脑瓜，用错了地方也一样。似乎是敲打我的。

我求学生涯的第一个书包，是我看着它出落起来的。母亲打开炕头的包袱，里面都有碎布片。

“来，咱给你做个‘集花书包’。”

听听，把花儿集中起来的书包，想想都好看得要命。我就趴在母亲盘着的腿上，看着她从碎布片里挑出颜色鲜艳的布片，拼成花朵样，然后就一针一线地缝起来。炕上就多了五颜六色的布花朵，再拼起来，就成了“集花书包”。我背着它可骄傲了，比起那些母亲用一整块布做的书包，“集花书包”好看多了。

将贫穷的日子变成花的盛宴，沉淀在记忆里，至今都温暖着我，这就是贫穷的岁月里母亲馈赠给我的礼物。

# 鸡蛋醪糟

儿时，每每母亲去镇上赶集，我都会哭着闹着要跟着。母亲要办的事很多，得先卖了这，又得去买那，自然不愿意带我。曾有一次跟着母亲赶集，回来时我实在困得不行，害得母亲一手拉着买回来的小猪崽，一手拉着像癞皮狗一样的我。到家后她气急败坏地说，买回来两头猪。

可我就是每次都缠着黏着保证着，每次都能得逞。多年后成了母亲，我才意识到，怎么混账的孩子，怎么蹩脚的伎俩，在母亲面前都能得逞。不是我厉害，也不是母亲没办法，而是“爱”在那里张牙舞爪。

去镇上是为了喝到醪糟。醪糟里打个鸡蛋一毛钱，没鸡蛋的五分钱。我每次喝的，都不带鸡蛋。如果旁边坐的人要了碗带鸡蛋的，我会眼巴巴盯着人家的碗，眼睛里似乎带着铁钩，似乎一直看着就能把人家碗里的鸡蛋捞进我的碗里，不，直接塞进我的嘴里。当然不能如愿以偿了，心里就恨恨地诅咒：吃，狠劲吃，吃死你！

也给母亲说过，我也想喝一碗带鸡蛋的醪糟。母亲看了我一会儿，说：得，是你不想再喝醪糟了？

我立马闭了嘴，我知道，再死皮赖脸的话，连醪糟也喝不到了。

每每看见别的人喝带鸡蛋的醪糟，我碗里原本酸酸甜甜很好喝的醪糟就变了味，变得超级难喝。终于，我的小脑子开了窍：要是我自己带个鸡蛋，五分钱不也可以喝到鸡蛋醪糟？只是差个鸡蛋嘛。

只要有想法，一定有办法。这是儿时的我一直坚信的硬道理，很多事都是在我强烈的想法中实现的。

我们家的鸡蛋是我负责每天从后院收回来，由母亲放进鸡蛋罐里——鸡蛋罐在高高的板架上。来了金贵的客人炒一个，谁过生日煮一个，其余的鸡蛋都将被母亲带到镇上卖掉。

一次，鸡下蛋时母亲还没回来，我将鸡蛋藏了起来。而后……而后在板架下放了大凳子，大凳子上放了小凳子，我试了一下，我刚好可以把鸡蛋放进去。从门口远远地看见母亲要回来了，我立马拿起扫帚，扫起院子，扫帚抡得很欢实。

“凌娃懂事了。”母亲说着就掀开门帘进了房子。“咋回事呀？”我在院子里问啥事，母亲说凳子咋摞着，我解释说自己刚才把鸡蛋放进去了。“以后再不敢了，鸡蛋罐摔了就没家当了。先放在碗里，等我回来再放进去。”母亲叮嘱了几句，就忙自己的去了。

她没数鸡蛋？我就怕她数，她若数，打死我都不会承认的。

每天，都要偷偷看看我的藏在麦秸堆里的鸡蛋，对，“我的”，将被我放进醪糟里吃掉的鸡蛋！

鸡蛋有了，将要美美地喝碗鸡蛋醪糟了。只是想想，都能得意得笑出声来。单单就等着下次跟母亲赶集时，要到五分钱，而后支开母亲，就能如愿以偿了。

后面的事，出乎意料地顺利，我，终于喝到了鸡蛋醪糟，真香！

# 第三辑　有一种迷恋是自我修复

# 来，我们说说教养

孩子们，昨天又在休闲广场遇见了一件事儿，一件直击我心灵的事儿，就是那一刻，“教养”一词突然蹦了出来。直到现在，我还能感觉到“教养”依旧在我的心里不罢不休甚至排江倒海般地闹腾着，希望我将它带到你们面前，让你们因为结识它而更加美丽与幸福。

今天，我们就说说“教养”。

我不知道教养的含义有多丰富，我只知道有些行为是没有教养的体现；我不知道文化与教养是否有必然的联系，我只知道有些人具有高层次的文化却真的丢了教养。

昨天，在休闲广场，连椅上坐着一个民工，他手里拿着安全帽满脸惬意。我一直很关注这个来自农村的群体，他们为城市的建设与繁荣做着很大的努力，虽然他们始终无法融入城市。

不一会儿，来了个时髦而又高傲的女人，说高傲是因为我观察了她的面部表情及目光：表情很冷漠，目光似乎屏蔽了一切只有她自己。只见她走到民工旁边时站住了，看样子有点累。民工站了起来，说“你坐”。那女人瞥了一眼，没动。民工似乎意识到了什么，他用袖子擦了一遍刚坐过的椅子殷勤地说：“净了，坐。”那女人连第二眼都没瞅就顾自离开……

一是实在受不了那个女人的无礼，二是觉得要给那个民工台阶下，我就开了口：“那种人，不配接受你的好意。”

他笑了，说：“没事，她快当妈了。”

孩子们，一个民工，就是那样将教养展示给了我，给了这座城市。相较他，我竟然忽视了那个女人要当妈妈了还跟她较真，我不也成了缺少教养的人？

教养是什么？它不是空虚抽象到你们无法触摸，它就是让别人也舒适。

前几天我还遇到一件事，发生在高速公路的服务区。我进去卫生间时，看见一个格子开着，一瞥，一个穿着很时尚的女人正蹲在地上用卫生纸擦着光洁的地板。旁边站着一个低着头的小女孩，三四岁的样子。女人一抬头，她似乎感觉到了我的好奇，解释道，孩子不小心，尿洒到外面了。说这话时，同样是满脸知错般的不好意思。

孩子们，那一刻，我觉得那个女人，那个蹲着身子擦地板的女人，是最优雅最有气质的女人，她正在用行动诠释着“教养”——绝不能给别人造成不方便。

教养是什么？教养真的很简单：打呵欠忍不住了却可以用手遮住张开的嘴，衣服旧而难看却干净整洁，公共场合不大声喧哗……这一点一滴汇聚起来，就是美丽而又朴实的教养。教养甚至与文化都没有关系。

去年我参加一个笔会，是全国散文作家的采风活动。我跟一位美女作家分到一个寝室，据说她的散文很美。准备休息了，她冲洗后我进去浴室，看见浴巾平铺在地上，很是惊讶，便开口问她。她说嫌地板滑，踩着保险，她自己带着浴巾。又解释说，还有一条没铺，放心用吧。她的语气很平静，没有一点儿不好意思。

孩子们，后来几天我们都在一个寝室，我却很不舒服。我不再觉得她是一位值得我亲近的作家，而是……而是一个玩弄文字获得私利的人。即使再美的文字，从她的笔下流出，也都戴着虚假的面具。那个自私的举动暴露了她骨子里的粗俗，那个自私的举动玷污了文字的纯美与圣洁，那个自私的举动让她远离了教养。

教养是什么，就是陈丹青忆起往事——他没有冲店家打招呼就问东西多少钱而被拒绝时的羞愧！知道错了，谨记错误不再犯错，就是一种教养。

亲爱的孩子们，可能你们会问我：老师，说了这么多，教养到底包括哪些？我们怎么做才能成为有教养的人？

教养就是将美好向善的心灵展示出来：理解尊重别人，体恤宽恕别人，包容疼惜别人，帮助关爱别人……这些美德都是教养的具体表现。再说具体点，对别人努力而来的成绩送上衷心的祝福并向他靠拢学习，这就是从善如流的教养；不同意别人的观点，却能微笑着等他把话说完，而后以商量的语气说出自己的观点，这就是尊重包容他人的教养……教养，会让彼此的心都很舒适。

孩子们，盘点一下你们的教养吧，当你举手投足间都是教养时，你一定是最美的自己。

## 原谅老师，现在才读懂你

快上课了，为了做到提前“候课”，我走向七年级十二班教室。距离教室门口还有三四米的样子，突然听到一声“张亚凌来了”，一秒前还人欢马叫的教室里，立马安静下来。

心里“咯噔”了一下，自问对孩子们不曾苛刻，似乎也没有伤害过谁，不至于被这样叫着名字轻慢吧？心里有点不是滋味，却依旧神色淡定地走进了教室。

“谁刚才叫‘张亚凌’了？”我笑着问了一句。话音刚落，其他孩子立马指向一个女孩子——看起来很文气的女孩。其他孩子的神情分明是谴责，而那个“罪魁祸首”呢，她看着我，眼神里有种惊吓，更泛滥着无辜。我还是不相信那副神情、那种目光下的女孩会对老师不尊重。不过我没有继续追究，只是开玩笑道：一日为师终生为母，还是应该尊重的。

下了课，我刚走出去教室，那女孩就跟了过来。“老师，我想给您解释一下。”她很腼腆地向我开了口。我笑着点了点头，她离开了。

第二天上课前，她交给了我三张纸，书写得工工整整，原谅我在这里全文引用——

尊敬的张老师：

您好！

今天下午，对于我对您不尊重的行为感到十分抱歉与惭愧。但是我想对您说，这只是一次意外，真的只是意外。您肯定想知道为什么。老师，请听我说。

其实，我很崇拜您，也因为有一位了不起的作家当语文老师而倍感自豪。有人问我，听说你们的语文老师是个作家，她是谁？我脸上总是闪耀着自豪的光彩说“张亚凌”。就是那个发表了许多文章的张亚凌吗？当别人这样追问时，我会声音洪亮地回答：“对，就是那个张亚凌！”

因为问我的人很多，包括我的亲人、小学同学、外校朋友甚至外地朋友，“张亚凌”这三个字不知道说了多少遍。而一有人说到“语文老师”，我的脑海里就会立即浮现出“张亚凌”这个名字。一有人提起我的语文老师，我都等不及人家问完，直接就说：“我的语文老师是张亚凌！就是发表了许多散文，优秀的作家之一！”久而久之，我对“语文老师”这四个字特别敏感，一想到它脑子里就会不由自主地蹦出“张亚凌”这个烙在我心里的名字。

今天，看到您走过来了，嘴边就不由自主地叫起了语文老师您的名字。话刚出口，我就后悔了，可是泼出去的水是收不回来的。这不，您刚踏进教室就问了。那一瞬间，我只想把自己的头深深地埋进课桌下面，想赶紧找找看地下有没有可以让我容身的缝儿。加上同学们那复杂的目光，更让我无地自容。当您对我投来惊讶的目光时，我的脸火辣辣的，比您打了我几巴掌还要难受。

其实，我心里非常渴望老师您能够注意到我，我知道渺小的我不够出众，不够优秀，哪怕您给我一次肯定，一丝鼓励，甚至是一个对于您来说是微不足道的眼神，都会让我兴奋的。我每次都对自己说：只有你足够优秀了，才能够吸引老师的眼球。

老师，或许您不知道，您说的每一句话，我都牢牢地记在心里。正因为那些柔情又充满诗意的话语，让我改掉了许多坏毛病。我发现我自己正在一点一滴地改变，哪怕每回只有那么一丢丢，心里都充满了自豪感、幸福感与满足感。

老师，对于我今天不礼貌的行为，我对您真诚地说一声：对不起！但是老师，请给我一点时间，我一定会把这种习惯改正过来，我会努力变成您心目中那样优秀的孩子，绝对不会让您失望！

祝亲爱的张老师

身体健康，工作顺利！

您的学生之一：潘雨琪

2017 年 11 月 16 日

看完这封所谓的“检讨”，倒换成我脸上火辣辣的。

“潘雨琪”，内心如此细腻如此丰富的孩子，我却是因为这件事、这封她称之为“检讨”的文字才认识她，作为带了孩子们一个月的语文老师，我是多么不称职。

我庆幸，自己当时没有被表象激怒，失去理智伤害孩子，倘使我不辨青红皂白地狠批了她，该多么负疚啊。

我一直给孩子们说，师生一场都是缘分，是最美好的遇见，我希望回忆起他们，都是美好。可我却没有将关注倾泻到每个孩子的身上，以至对我那么敬慕的雨琪，发出了“哪怕您给我一次肯定，一丝鼓励，甚至是一个对于您来说是微不足道的眼神，都会让我兴奋”的呼喊。

孩子，原谅老师，现在才读懂你，从现在开始，我们一起走向美好。

# 你看，大人也需要成长

孩子，不要因为自己偶尔犯错而沮丧，即使你真的成了大人，也会有困惑，也需要成长。就像我，你的老师，遇事也会纠结得无法行动。

我看见了，你脸上的神情分明是“你是大人了怎么会纠结”的不相信，那我就给你说说昨天遇到的一件事吧。即便此刻想起，心里还是隐隐的疼痛。

昨天下班我急匆匆去南关市场买菜，拐角处，一抬头，一个很衰老且驼着背的老妇人推着一辆简易的架子车出现在了我的眼前。说“简易”，是因为两个车轱辘上面直接是块平板，上面堆了些捡拾的废纸板、塑料桶之类的可回收废品。她后面跟着一个更为苍老的男人，看样子两人是夫妇。

你知道我喜欢写作，时时处处都想着捕捉素材。这对夫妇立马引起了我的关注，我就放慢了脚步，尾随着他们。

那男人靠近菜摊问菜价，问的也只是白菜茄子西葫芦这样的家常菜。也不在乎卖菜人嫌恶的脸色，拎起又放下。似乎没有哪个摊主愿意跟他多说一个字。他说“便宜点”时，人家只是冷冷地看着他，以很干脆的摇头作答，都不屑于跟他开口。

一排八九个菜摊，他不罢不休地挨个问。我不近不远地尾随着注视着他，越来越强烈地感受到平日里殷勤的笑脸下藏着的另一张冷漠的脸。

——没有笑容，且高高在上的脸，最难看。

他一样菜也没有买。我看不出他的神情变化，黝黑的脸上布满皱纹，连喜怒哀乐也无处可藏。简易架子车上是少得可怜的收获，还没处理掉，是因为兜里没钱吧？

孩子，那一刻，我有种冲动，买些菜送给他们。可是，我如何送给他们？他们会不会觉得是受了羞辱？他们是在辛苦的讨生活，可毕竟不是乞讨啊。我，可以那样做吗？

我真的是满心的不忍与同情，很是纠结。纠纠结结的我又放心不下，不愿断然离开，就继续尾随着。

他们出了南关菜市向北拐，上了解放路。我保持着一定距离跟在后面，还拍了张他们的背影。看，就是这个，现在还存在我的手机里，可我不知道拍它能做什么用。或许只是看看伤心罢了。

那老妇人一见到路边的果皮箱就放下车子，爬上去翻找。一路上的果皮箱挨个翻找，都一无所获，连块纸片也没有。已经下午六点多了，恐怕此前别人已经拣过了。四,五,六……十一，跟在后面的我数着她翻过的果皮箱。十一个果皮箱，十一个希望，却都沦为空荡荡的绝望！

孩子啊，那一刻，我竟然为一无所有的果皮箱而害羞，让清苦贫穷的他们在没有买到菜后一再失望，简直是罪不可赦啊。可我呢？我不也兜里有钱却找不到最好的方式让爱流淌？

他们一路缓慢地往前挪着，我用“挪”，是因为他们的确苍老到行动不便！解放路到了尽头，该拐弯了，我才心有不甘地离开。

孩子，我一路尾随，其实我尾随的是自己无法施与的纠结：给他们一点帮助吧，哪怕只是一顿饭钱。天寒地冻的，让他们热热火火地吃一顿。可是，可是我如何施与他们？会不会因此伤害了他们的尊严？我倒不担心会惯坏他们，已经如此苍老了，即使他们因此产生不劳而获靠乞讨为生的念头，又如何？毕竟已是垂暮之年的老人了。

可是，我真的没有施以援手。我是不敢，怕他们误解；我更不会，妥帖地表达自己的友善。

孩子，我是大人，是你的老师，肩负着引导你学着与生活温柔相处的重任，却很遗憾地发现：我自己的生活里同样缺少了一课——如何施与困苦中的人们。从小到大，似乎没有人教我如何去帮助别人又不会使别人尴尬，真的没有人教给我。

我经常给路边的乞讨者零钱，也积极帮助过街头卖艺为生的，因为那种施与彼此不会存在芥蒂。可面对这一种生活窘迫却还在努力地自食其力的人，我又如何传递自己的关爱呢？

孩子啊，即使到了此刻，我还是觉得自己真可怜，因为缺了一节课，便看着困苦从我眼前走过，却无能为力，任遗憾涨满心间。我想告诉你的是，老师已经是大人了，还勉强算得上大人里知书达理的，却依然会遇到种种困惑。就像刚才给你复述的，不会表达自己的友好与爱心。

生活的课堂极为丰富，需要学习的很多很多，所以人才会常常很遗憾地说“活到老学到老”，还有很多没经过。所以孩子，你不必因为自己偶尔犯错或心生困惑而自责，成长就是这样的，先接受自己，再想办法改变自己。瞧，老师，也是如此。

## 有一种迷恋是自我修复

“大活动”期间，一个看上去很阳光的女孩走近我，有点害羞地对我说，老师，我迷恋上了一个男生。随之她很动情很沉醉地给我说起那个男孩：

那个男孩自习课趴在桌子上睡觉时阳光洒在脸上的柔美，那个男孩愤怒时暴躁的样子很男子汉，连那个男孩抽烟的样子在她的讲述里都酷得无以复加……

这是个很温和的姑娘，做事有度，绝不极端，可是她真的喜欢那个在我眼里根本配不上她的不思进取的男孩。我知道，不同类型的人也会喜欢相处，性格互补吧。我更知道，年少的喜欢没有理由，年少的思绪真的无解，年少的心更是迷乱。好在是“大活动”期间，时间长，我索性跟她好好聊聊。

我说，也给你分享一下老师青春时的迷恋吧。

像你这么大时，我也迷恋过一个男孩。

他喜欢穿浅色的衣服，如果你的目光从他衣服上滑过，感受到的，一定是那种透亮的干干净净，真是奇怪的感觉——好像他穿得时间越长，衣服越洁净。看着他沉默的后背，瞅着他专注的侧影，我常常会产生一种错觉，能感受到他身上衣服舒适的质感。该有多好的性情，才能把衣服穿出那种质感？

直到今天，我依旧喜欢浅色的衣服。任何时候都知道自己衣着的洁净程度，这也算那段迷恋留给我的精神认知吧。

他做题，只要时间允许，就会写出能想到的所有解法。有的比老师讲得还简单，有的连老师也夸赞自己没有想到……我总觉得他一直遥遥领先，很大程度上是努力的回报而不是智商的较量。

每每想起他，我就说服自己多多尝试，即便尝试也不能马虎，应该是以最好的态度努力出最好的结果。就是在不同的尝试中，我才找到了自己至今坚持的爱好——写作，并享受到写作带来的快乐。这，是不是也是当初迷恋留下的美好？

对了，他丝毫没有竞争、排名带来的小心眼，面对谁学习上的困惑，只要请教于他，他都会毫无保留地耐心讲解。老师安排的班级事务，他也不会怕耽搁自己的学习时间，不声不响去做到最好，几乎能考虑到每一个细节。老师们在一起说他时，结尾常常是这么一句——“没得说了，啥都好”。那样的人，似乎闭着眼跟着他，也可以放心地远赴千山与万水。

宽宏，无私，凡事尽力做到最好，这是长期看着他在我心里播下的一颗颗种子。直到今天，我也不允许自己敷衍每件事，要给自己做过的每件事都贴上独有的标签——“尽力后的美好”。

孩子，我曾深深地迷恋那个同学，突然有一天惊觉，而后满是羞愧：

自己方方面面都不优秀，那么美好的他，我哪有资格迷恋？就像小草无法拥抱大树，就像小鸟无法与大雁结伴……想一下他，都觉得是对他的亵渎！

于是我开始悄悄地模仿他：上课听讲的专注，在小细节上的严谨，对同学们的热情……似乎想成为他的影子，与他保持绝对的一致。我开始努力改变自己，开始在心里将自己拔高到能够与他并肩而立。

后来啊，真是奇怪，似乎只要我愿意，就可以做到。越来越好的各科成绩，越来越被同学们悦纳……感觉就像脱胎换骨了，连老师们都慨叹，这孩子变化真大。殊不知，是那个小小的“想与他并肩而立”的心眼儿在“兴风作浪”。

再后来，我们上了不同的大学，工作更是天各一方。不过真得感谢他，没有对他的模仿，还真说不清现在的我会是什么样子。

孩子，这就是我青春时的迷恋，我几乎还没有跟他说过话呢，他却影响了我的人生。

迷恋，就是想成为那样的模样，那样的人。看见美好而没有想着“成为”，那不是深深的迷恋，只是浅浅的喜欢。当然，如果你看到的不是美好，却因为觉得酷而迷恋，那就得自己好好想想。没有人不渴望跟美好在一起，你也不会例外吧。

人是群居动物，没人喜欢孤独。在你成长路上，离不开结伴而行的人。不能只是往前走，有时得停下来，看看同行者，会不会跟着他误入歧途？而后再决定，是否继续同行。

孩子，愿你有美好的同行者，有美好的迷恋。愿你因结缘一段美好的迷恋，成长之路洒满快乐的阳光，直到遇见更优秀的自己。

## 你是好样的，孩子

憨憨是朋友的儿子，大名改了又改，第一个大名“飞宇”，在他没出生前就取好的，饱含了朋友夫妇的热望。第二个大名“平安”，是两岁时改的，不过也很少叫。小名曾叫“虎子”，虎年出生。后来，后来呀，父母无比疼惜的目光交织成“憨憨”。所有人习惯上都叫他“憨憨”，他也响亮地答应着。

憨憨是个脑瘫孩子，几岁之后勉强能走路了，只是走起路来很是艰难且异常难看，摇晃摆动，像在蹩脚地模仿唐老鸭。

朋友找我，说了想法：能不能将憨憨转进我所在的学校，这样照顾起孩子也方便。在学校，我只是一名普通的教师，普通到说出的话只有自己认真听。可想到憨憨，心里只有奔涌着的不忍，还是愿意拉下脸面，哪怕求爷爷告奶奶，也想做好这件事——让憨憨走进这所小城里最好的学校。

尽管我委婉含蓄地解释了很多，但当班主任老师第一眼看到憨憨时，目光里流露出的还是震惊——憨憨的表现比我描述的要糟得多。老师有点无奈也有点可怜地说，我先带他进教室吧。

我有点不放心地跟在后面。我不知道那是不是一个友善的群体，我怕他们的异样让憨憨不能承受，因为我真的不清楚憨憨承受挫折的能力。

班主任站在讲台上说了句“今天我们班转来一名新同学”，就招手让憨憨进来。令我震惊的是，他没有直接进去，而是大声地喊了“报告”。憨憨吐字含糊不清且不能连贯，一字一顿。想想吧，声音异常响亮，却含糊不清一字一顿，是不是将滑稽无限放大？教室里立马传出了笑声。是呀，憨憨的声音，谁听了都想笑，可我却鼻子发酸。

憨憨挥动着双臂，一瘸一拐地颠簸着挪进教室，他停在了讲台边，歪着头满脸憨笑地看着老师。我感觉得到，教室下面有了很明显的波动。老师指了一下第三组第五排最外面的座位，说你坐那儿去吧。

憨憨响亮地答道“好”。憨憨每吐出一个字，全身都辅助着晃动。背一弯，双臂一划拉。特别是双臂，似乎不借助双臂的大幅度划动就无法完成发音。说话时的憨憨，更像舞台上傻傻的小丑，每一个细微的动作，都显得那么荒诞与可笑。他原本可以省掉一些应答的，可他是个有礼貌的孩子，逢问必答。教养，是不是在某些时候显得那么让人不舒服？

憨憨向那个座位挪去：脖子前伸，晃动双臂，右腿划拉着。教室里的笑声像炸了锅。是的，那笑声肆无忌惮铺天盖地，如大海的波涛汹涌地击打着憨憨。他就在那嘲笑声中艰难地挪动。我有种想冲进教室训斥学生的愤怒，我怕憨憨承受不了。

从背影上看，他没有丝毫停顿，只是挪向那个静静地等着自己的座位。到了座位上，他从背上取下书包，放在课桌上，而后坐得端端正正看着老师。再下来，他想起什么似的，满脸是笑地冲着教室门口的我摆摆手，示意我：我好了，您可以离开了。

眼泪滑出了我的眼眶，我没有马上离开，而是徘徊在教室门口。班主任走了出来，问我还有什么事。我说我有个请求，你今天下午能不能开个班会，就如何与我送的这个孩子相处……如果你忙的话，我替你开也行。我下午没课。

班主任略微想了一下，说她知道我的担心了，一定开，就不麻烦我了。

那天晚上，我特意去了憨憨家。跟他交流了很多，特别是有可能遇到的尴尬等。憨憨很懂事，他说，我知道，慢慢就好了，有啥事我还可以去找你，阿姨。他脸上堆满了感激的笑，还热情地来回摇摆着给我倒水，尽管我说了不渴。

后来，在校园里，偶尔也会遇到憨憨。他会满脸欢喜声音响亮地给我打招呼——张老师，而不是在校外喊的“阿姨”。一年多了，憨憨从没有来过我的办公室找我，尽管他说有事可以找我。我也相信，他一定不会像别的孩子一样平顺的。

憨憨依然那样夸张地走路，自己别扭别人难看，我也没有见过有人与他同行过。曾问他，跟同学相处得咋样。他说，还行。又补充道，没人再笑我了。我拍了拍他的肩膀，说：好样的，憨憨！

# 每个妈妈都是天使

孩子，我一直觉得你很懂事也很让人疼爱：

我看见你满脸谦和、不厌其烦地给同学讲解难题，看见你上课前满脸热情、殷勤地给老师擦拭讲台，看见你在校园里遇到没带你课的老师也很有礼貌地鞠躬问好，看见你任何时候都是那么干净那么利索那么朝气蓬勃……以至我曾悄悄地痴痴地想，倘若我有个像你一样的女儿，该是何等幸福！

孩子，曾经啊，每每看到你，我就眼前一亮——你让周围也变得绚丽无比！可是，可是我突然觉得面对你很是纠结，看你的目光成了无法理清的乱麻。这种感觉源于大街上的一幕：

在东大街，你没看见我，我就在距离你不远的旁边。我看见你跟一位中年妇女距离比较近，比较近却也拉开了两三步。你快快地走在前面，还不时回头说着什么。她比你能矮半头，穿着朴素到寒碜，腿似乎受到过伤害，走起路来一瘸一拐。

我的直觉告诉我，那个很努力却还是跟不上你的妇女一定是你的妈妈！因为只有面对自己的妈妈，孩子才会要多任性就有多任性。我，也曾是个孩子，现在又是妈妈，这种感觉我最清楚。

我原本想过去跟你的妈妈夸夸你，夸你的懂事你的有礼貌。说真的，我一直觉得能成为你的老师是我的幸运，更何况做你的妈妈。可是，可是我看见了你紧绷着的脸，还有满脸的不耐烦，我只好悄然走开。

这件事怎么也无法从我心头抹去：你是我的学生，我很喜欢的学生，我不能……不能对你如此对待妈妈而置之不理——我一直希望我的学生们都能成为尊重别人且心怀感恩的人。而你，似乎与之有些距离。可我也不能贸然去批评你，这只是我在校外偶尔见到的你，学校里的你是那么让人喜欢那么完美，我怎忍心揭开你一定不愿意让人看到的一面？但这一面恰恰是做人最重要的根本，一个连自己的家人都不能善待的人，还能祈求她成为心地善良造福于民众的人？

从此，我看你的目光连我自己都觉得纠结：懂感恩的人，应该先向父母感恩；心里有爱的人，应该先从父母爱起。我不希望你成为一个别人问候一句就感动得热泪盈眶，却对亲人的付出无动于衷的人。

一天课间，我站在教室门口的阳台上，等着给下一个班上课。你走了过来，青春的脸庞原本就是一朵花。你突然开了口，说老师，做您的孩子一定很幸福很幸福。我心里一动，说：那倒不一定。我不太会做饭，还让孩子吃过夹生的米饭。我整天忙着写稿子，很少陪孩子一起出门……

很快，上课铃响了，我们分开了。我却很高兴，我找到了突破口。

第二天，我给学生们说，昨天，李梅说当我的孩子一定很幸福，这话触动了我。我想说的是，每个妈妈都是独一无二的，都是尽她所能地给孩子最好的爱。可是在很多时候，孩子意识不到这一点，包括年少时的我自己。那时的我，就像你们这般大，曾深深地伤害了我的母亲——

三十几年前，我在镇上读初中，母亲赶集时买了几个油糕送到了我的学校。当我看见风中的她凌乱着头发，穿着很土气的粗布衣服，觉得同学们一定在笑话我，就很不高兴地推搡着她快步离开教室门口。

那个周末我一回到家，父亲就打趣说，吃了油糕的人回来了。我不以为然地接了句，不就是吃了几个油糕。一向老好人的父亲登时变了脸色，说没良心的东西，给你买了油糕，你妈舍不得再花钱，饿着肚子回来了。

母亲却怪怨父亲道，就你多嘴？娃高高兴兴的，说那些闲话干啥？而后，母亲一脸愧疚地看着我说，赶紧洗洗吃饭，给我娃做了爱吃的麻食，还割了豆腐哩。

就是那一刻，我幡然悔悟：母亲是穿着土布衣服，可我不是，我花了钱她就得节省；母亲是散乱着头发，那么多的活儿摆在她眼前，她都没有空捋捋头发，更何况是走了几里路赶到学校。我怎么能那么虚荣地伤害最爱自己的母亲？想到这里，我都不忍直视母亲。从那以后，我再没有觉得母亲让我丢面子，因为母亲的辛劳就是我的面子——我有一个多么能干又多么爱我的母亲！

孩子们，每个妈妈都有自己疼爱孩子的方式，也都是自己最好的方式。反过来说，每个孩子疼爱妈妈的方式也都是独特的。你是如何疼爱自己的妈妈？

## 孩子，我一直为你拉着门

风呼呼地刮着，好像不猛不烈都对不住冬天。拉开书店的玻璃门正准备进入时，瞥见距离我四五米远的你也向书店走来。我停住了，手一直拉着门，等你。直到你进去，我才松了手。天，真的很冷。

只是，看着你目不斜视地从我身边经过，而后径直低头找书，那一刻，我心里涌起一种异样的甚至疼痛的感觉。

孩子，你是很忙很忙以至都没有时间跟我打个招呼？还是没有感觉到我在为你行方便？冬天，刺骨的风，没戴手套的我拉着玻璃门等你进来。我们的目光对视过，你读明白了我在等素不相识的你，却如此坦然地接受我的照顾，没有一个微笑，或者，一个谢字。正是这一点，让我为你担忧。

或许你已经习惯了接受，以至觉得理所当然？

虽然我也是习惯了看一下后面，习惯了停一下等一下，可心里还是很不舒服：谁愿意让自己的爱流向荒漠？流向荒漠的爱又哪里会被再次传递？倘使你漠视我的善意觉得理所当然，又哪里会主动帮助别人，用自己收到的善意来温暖他人？

我不是在乎你的一声感谢，我在乎的是你的素养——是否有感恩的心。

或许因为我是陌生人，你不好意思表达你的感谢？

孩子，世界太大了，很多人都彼此互为陌生人，同时我们也享受着陌生人带来的方便。对陌生人的善意我们更应该心怀感恩，因为他们完全可以有别的选择，美德或友好的心促其选择了助人。没有杂念的无私的付出，不是更应该被感谢吗？

不论哪种情形，这件事对正在成长中的你，都是一种伤害，它将阻止你遇见更美的风景更好的自己。因为一个心怀感恩并适时表达出来的人，更容易被大家喜欢，也更容易得到帮助。

之所以这样说，并非无稽之谈。就说说我吧。

我一直喜欢写作，也很努力，却没有多少进步。直到有一天，一位全国很有影响的编辑选用了我的一篇文章。我激动不已感激不尽，就怯怯地写了封信，来表达自己深深的谢意。因为不是每个人都会在漆黑一片举步维艰时遇到提灯的人，照亮你眼前的世界。这篇文章的发表给了我极大的自信，也将我拉出沮丧、无望的泥淖。

没想到我竟然很快就收到了编辑老师的回信，也就此打开了联系的通道，以后更是惊喜连连。他提醒我，“感与悟是截然不同的”，我开始冷静地对待自己所表达的思想的由来；他叮嘱我，“大量的优质阅读，努力惯坏你的阅读胃口，也就不会写出劣质的文字了”，我开始远离快餐式的功利阅读；他告诫我，“这一段没有丝毫进步，不用写了，好好反思一下”，我便回望那个阶段的写作，发现只是简单的重复……就这样，他偶然的一句话，会指导我很长阶段的阅读与写作。

因为这个美好的相遇，那个被俗事缠身、孤寂中借文字以取暖的自卑女人，犹如神助般快速成长。当我成为《读者》等杂志的签约作家时，当我成了《语文报》等报刊的专栏作家时，当我的小文一次又一次被选入真正的中考试卷中时，当我在全国大赛中获奖时……每每获得一点成绩，迫不及待地想第一个分享喜悦的人就是他。对他，我内心总充盈着感激之情。

孩子，你看，我只是想表达自己满心的感激，没承想却因此找到了写作上的真正老师。我才得以走出那个小我，才感受到了笔尖涌动的快乐，沉浸在了文字的芬芳里。在我眼里，生活也因此变成了一条明快而暖色的河，流淌着温馨、包容、爱。

倘若我不是一个随时表达自己谢意的人，而是一个对一切都觉得理所当然的冷漠的人，我一定依旧是那个呆头呆脑走不出小我的写作者，爱而不好，最终会绝望地放弃写作。

孩子，我为你拉着门，你的妈妈为你做着饭，你的爸爸风里来雨里去地接送着你。那个人为你买东西提供了方便，这个人为你的娱乐提供了便利……你的生活里，各类服务交织成网，各种感动汇聚成河。当你心怀感激之情，自然满腔欢喜，定会情不自禁地播撒友善与仁爱。回头，看你走过的路，定已花香满径。

所以我的孩子，在你成长的路上，再匆忙也不能撇下感恩自己独行，那样，只会行而无友且行之不远。

# 写给十五岁未曾谋面的你

看到这封信时，你肯定觉得很纳闷：我们认识吗？你是谁啊？怎么会给我写信？竟然还知道我十五岁了？

对，我们是不认识，可你不知道的是：每一个爱子心切的妈妈都具有超能力，为了遇到问题的孩子能健康成长，她可以拐弯抹角满脸殷勤地求助于八竿子都打不着的人，她可以抛开一切颜面甚至死皮赖脸地央求所谓的高人给孩子点拨几句。坦诚地说，你的妈妈就是通过层层关系才找到了我，希望我能与你交流一下，或者，给你写封信。

触动我的，是她说起你的种种表现，一把一把抹着泪，看得我心里很难受。我也是一个母亲，能理解她的无助与心酸。在她断断续续的讲述中，我眼前出现了一个十五岁的男孩：

他精力充沛。球场上跑得快受伤更快，有次摔骨折了，为了他不落下功课，爸爸曾背着他上下四层的教学楼长达两个多月。

他逞强。一次意外脚指甲受伤，一直没吭声，结果化脓感染，为此付出了惨重的代价。他妈妈心疼得直怪怨自己“瞎了眼”，咋没看出孩子走路的异常，以至耽搁了治疗。

更不用说经常拉伤、扭了脚腕、磕破膝盖那些小伤。那似乎是个存心跟自己过不去、故意将自己搞得伤痕累累的家伙。

那个孩子就是你呀，或许你觉得无所谓，可是你的妈妈把你的每一次受伤都看成是自己的失职，都满心愧疚。你十五岁了，正值青春，不愿意受约束，将任性当潇洒，激情四射，疯狂运动也可能是释放乃至宣泄情绪的一种途径。可是，可是你不学会疼爱自己，你妈妈就得担惊受怕、如履薄冰啊。

后来，你又多了一个爱好，上网。你妈说家里电脑没密码，你可以上，但是得有节制，为了你的视力，也为了你的学业。让她遗憾甚至痛心的是，她的“民主”被你涂改成“恣意妄为”，以至她跟你爸爸开始跑遍全城网吧寻找你的身影。

你喜欢网吧，人多，有气氛，有哥们儿，玩起来也刺激。可你想过网吧的环境吗？小孩扎势学大人吸烟的，说话无所顾忌粗鲁的，举止轻浮早恋的，还有那可以坐一天都不活动一下的网瘾少年……试想一下，你在图书馆坐一天，妈妈会担心吗？她担心的，是网吧那种环境，那种环境下形形色色的人，是怕你一不小心沾染上不好的习惯，影响你茁壮成长。

你的理由是，跟他们没法沟通，在家里郁闷。你常常用“他们”代替“爸妈”，给我感觉，遥远得形同陌路。

你说得没错，没法沟通，是你让父母没法沟通，还是他们拒绝与你沟通？遇到需要沟通的，你要么沉默，要么顶撞，以至你妈妈说她真的想把你的心掏出来，看看到底在想啥。这话语里，有多少无法靠近无法走进的无奈。

你说跟别人沟通得都很好啊，只是跟他们无法沟通。

我想笑，真的。你跟别人沟通的内容可能是——去桥头湿地公园还是爬梁山，你跟父母的沟通内容却可能是——复习一下再做一套检测题还是踢一下午球。前者属于娱乐享受，后者得努力用功，你的心态自然迥异。

你喜欢质疑，喜欢到任何事情只要出自爸妈的嘴，就不相信，就会立马搜索到反驳的理由。

妈妈说，纠错本很重要。你说，在心里纠错比在纸上更重要。瞧，你立马给自己的懒惰找到了冠冕堂皇的理由。

妈妈说，熟能生巧，训练量要跟上。你说，不在于多而在于精。看，你几近油嘴滑舌的说辞躲开了做练习题。

……

这样的事经常发生，看上去你说的都在理，其实是一种躲避。我想告诉你的是，青春时付出的努力，时间会留存它，会发酵成日后的美好。从善如登、从恶如崩。孩子，尽管上坡路费力难走，我还是期望你：需要聆听时不要塞耳，需要努力时不要拒绝。

孩子，做人上、学习中有点惰性也是可以理解的，毕竟天生对自己严格要求而且超喜欢学习的人，真的很少很少。绝大多数孩子都是在有效引导下，因为有了梦想，愿意为想象中的美好生活而开始自律开始奋斗的。说到这里，我想问一句，孩子，你有梦想吗？有喜欢去做并真的想做好的事吗？你身边那些能不懈努力向前的同学，他们多是因为有一定方向自觉前行的，断然不是被爸妈后推前拉勉强挪动的。

青春的你，偶尔出点小状况都是很正常的，只是不要沉溺太久——青春易逝。青春很美好，为了给你的青春涂上绚丽的色彩，愿你也能牵手梦想，以更美好的姿态去拥抱它。

# 竭尽全力方不辜负青春

亲爱的贞理：

姑姑一直很羡慕你，就读的学校位居陕西省五大名校之列。那所学校有些孩子直接就考入国外很好的大学，每年考进北大清华的就有七八十人，其他的就更不用说了。说雅点“见贤思齐”，说俗点“三勤加一懒想懒不能懒”，所以在优秀而竞争激烈的环境中，人的成长也一定是拔节般迅猛。你，就是这般幸运！

由此，姑姑想到了自己曾经的求学经历：

三十多年前，姑姑就读的是小镇初中，很努力地学习，以为完全靠拢老师就能充分掌握知识。结果到了高中才伤心地发现，初中英语老师很多方面都讲错了：发音，词语用法，甚至句式，更不用说一些小细节了。也才知道了初中缺少真正学过英语的正宗的英语老师，没人会教英语，只能让别科老师边自学边教学生。老师都是夹生的英语，哪里能教给学生正宗的？所以姑姑一到高中，竟然先是大规模地纠错。想想吧，作为一个学习很踏实的好学生，所学知识都反反复复、牢牢地记在心里，唯恐出错，纠错的难度可想而知。听起来似乎很荒唐，可事实的确如此。那时，铺天盖地的沮丧差点将我淹没。

而你，我亲爱的贞理，压根就不存在这种情形。你的老师们知识渊博而扎实，他们就是你面前的一片大海，你可以尽情尽兴地获取各方面的知识，他们完全值得你信赖，你只需态度端正、心无旁骛地跟着他们前行就是了。

你得知道，对绝大多数人来说，学习绝对不是什么享受。因为学习本身得静下心来，进入专注状态，在反反复复的训练中才能达到熟能生巧。以这个逻辑讲，学习一定先是单调的，甚至是枯燥的，要不人们咋会说“学习如逆水行舟”，足见其难。不过，当你在学习中找到快乐并发自内心地喜欢上它时，才能感受到它的可爱，甚至说它“风情万种”也不过分。当你因为努力而获得一些肯定或称赞并很享受那种感觉时，才会上瘾般迷恋它。换句话说，你不用心、不动情地走近它，不投入地热爱它，还想让它在你面前表现出美丽而深情的一面，那是绝无可能的。

贞理，当你看到全年级一千四百多学生中你排到七百名时，心里那股说不出的沮丧或泄气，无意间已流淌在语言里，表现在形容间。我想给你说的是，你的表哥笃行在初二时参加你们学校的考试，考了六百多名，也就没有争取到就读你们学校的机会。没有进入一流学校并不妨碍他继续努力，在咱们小县城他同样实现了自己的最好——今年考入中央财经大学就读。所以贞理，学得好与坏，那个结果是遥远得难以预料的，可过程就在眼前，踏踏实实做好每一个环节，结果一定错不了。

人跟人的智商是有所差异的，但更重要的还有学习方法、学习态度等，绝不能因为仰视别人太久而妄自菲薄迷失自己前行的方向。你好像说过自己不聪明，哪会超过别人升入一流的大学。呵呵，你觉得自己笨？有姑姑笨吗？

姑姑从小记啥都慢，别人读一会儿就会背的，姑姑边抄边背还得好半天，临了还是结结巴巴极不流利。正因为如此，才有意训练自己，比别人背更多的，最终打开了记忆的通道，成了背诵很快的学生。姑姑理解力差，数学从小到大几乎没有及格过。为此数学笔记做了很多本，认真严谨得足以让同学们传阅学习。以至谁哪节课请了假缺了课，只需借我的笔记看看就补上了功课。姑姑作文词汇贫乏，就大量看书，天天写日记。这样一路辛苦走来，不也在二十多年前千军万马过独木桥的高考中推开了大学的校门。很多比我聪明的学生，远远地落在了我的身后。

——清楚地认识到自己的局限，而后用最好的方式来突破它，每个人都可以与最好的自己相遇！

对姑姑来说，笨已成事实，那么努力却是我给自己明确的行为指南！贞理，你比姑姑聪明得多，你像姑姑那样想方设法尽种种努力了吗？如果没有，怎能沮丧？

凡事不是稍微尝试，也不是略加努力，而是竭尽全力！如此，就不会辜负自己的青春！

姑姑　亚凌

2017 年 12 月 6 日

# 第四辑　一个和八个，甚至更多

# 母亲的小心

周末，搀扶母亲下楼转转。在小区拐角处，垃圾回收车里蜷缩着的流浪猫一抬头，“嗖——”一下跑了。母亲像自语般细声说，我今日个儿的脸色，是不是很难看？把猫都吓跑了。

母亲的声音绵绵的，像一直浸润在她快八十年的柔软的日子里。

记忆里，母亲做啥事都很小心，连说话也不例外。即便我们兄妹做了错事，她也不会像邻家婶子那样噼里啪啦下冰雹般训斥或踢里哐啷暴打。她声音小，只是让我们自己，静静地，好好地，想想自己做的事错在哪里。

四十多年前，偶尔有外乡人来乞讨。一次，淘气的三哥学着别人家的孩子，两只胳膊拉住两扇门，堵在大门口，不让一对乞讨的母女进门，还声音很恶地骂着让滚开。那会儿，天阴着，我正蹲在旁边看一群蚂蚁搬家。突然听到三哥的声音，很刺耳，就抬头看他，像村头庙里难看的泥像。看来母亲说的没错，不说好话的声音最难听，说恶话的嘴最难看。

母亲听见三哥的声音，赶了过来。她拉开三哥的手，小声训道“小心说恶语烂嘴”。母亲说，进门都是客，洗一洗，一会儿吃饭。虽说我们家的饭也是稀汤寡水，那女人离开时还是千恩万谢。多年后，那个小姑娘会不会记得那顿饭？

到了晚上，母亲还放不下那母女。正就着煤油灯纳着鞋底，重重地长叹一声，说也不知道那些人晚上住哪，还带着娃，恓惶的。给不了多的，还给不了少的？给不了东西，还给不了好脸色？有一分奈何，谁愿意背井离乡看人眉高眼低？人在做，天在看，老天爷心里跟明镜一样……母亲说这些话时，八岁的三哥红着脸低着头，左手掐着右手。

母亲的小心，也许是源于畏惧老天爷？

倘若我在吃饭时不小心糟蹋了什么，母亲不会河东狮吼，可她一定会弯下腰，近乎贴着我的耳朵，说类似“糟蹋粮食就是造孽，老天爷瞅见了就不让地里好好长庄稼了”这样的话。以至小小的我像形成了条件反射，一看见别人掉了馍渣渣，就慌忙提醒，完全是母亲的口吻，俨然一个小大人。

母亲已在不知不觉间，将她的小心播撒在了我的心里。直到今天，儿时的“小心”已长得蓬蓬勃勃。

母亲有时又很矛盾，一边说“人这一辈子，吃啥吃多少都是个定数，前面糟蹋了，后面就没了”，一边又说“福分越积越厚，做好事是积攒福分”。我有时不解地问她，说话咋那么矛盾。她会说，天高日头红的，信好，做好，总归没错。

母亲的世界就是这样，简单又小心：简单得只求做好事，小心得害怕“造孽”。小外甥在学校里没好好学习，她摇头叹息说是“造孽”；叔叔在地里不好好侍弄庄稼、杂草丛生，她忧心忡忡说是“造孽”；小弟在单位不专心上班，她更生气说是“造孽”……

凡事小心的母亲，她的要求并不高——没有做好自己该做的，就是造孽。可有多少人，能像她那样小心地生活，达到这个不高的要求呢？

# 回　家

想回家又不忍回家，回家，只怕累坏了母亲。

每次一看见我进门的身影，母亲就响亮地招呼着“洗脸水都打好了，赶紧洗”，不等我放好毛巾，她就递过来早已洗净的水果。

上次吧，洗罢脸刚接过父亲递的白凤桃，母亲就端着大瓷盆进来了。

——天哪，一大瓷盆凉粉鱼鱼。

母亲说，我女儿爱吃鱼鱼，回来了就美美地吃。她瞅着我笑着，每条皱纹里都流淌着欢喜。又说，尽管吃，都是我娃的。就像小时候护着我，害怕我吃得紧噎着似的。

父亲撇嘴道，你妈呀，就是能成精。今早天蒙蒙亮就起来，架火，烧水，弄凉粉，漏鱼鱼。还给你摊了一厚沓煎饼，烙了好些韭菜盒子。我看你今日咋吃完？叫你妈做少点，就是不听——她娃两天没吃她的饭就成大饭桶了？

我笑道，有意见了？我听出来了。今天就跟着你女儿沾沾光，也允许你敞开地吃。

父亲笑了，说一听你回来，你妈脚底下都生风了，跑来跑去，把我影响得休息不好，我当然得美美吃。

吃饭了，饭桌边多是我跟父亲，母亲老是忙活着，即使坐下来，也多是笑眯眯地看着我吃。我说，你也赶紧吃，看得我都不会吃饭了。

看我娃吃得香，妈心里就舒坦。母亲倒会直抒胸臆的。

回家，于我，曾很是纠结。以至某一段时间，不敢也不忍回家。

冬天，东西放一两天也不怕坏。母亲常常在我回家的前一天就忙活起来，我的饭量呢，也在母亲的想象中无限变大。蒸饺、包子、煎饼、花卷、粉蒸肉、烧茄子……

一切准备好了，母亲就闲了下来，开始悠悠地准备起给我带的东西。吃的用的，都少不了：花生豆子拣颗圆粒饱的，各种蔬菜水果，分成几个袋子装好；纳好的鞋垫，箅子上的麦秸帘帘，织好的振布……母亲能想到的，都会提前收拾好，恨不得将她能看到能想到的一切都给我带上。

我一回家，母亲就累得连轴转。眼看着母亲头上的白发肆无忌惮地扩张着地盘，黑发退缩得无处容身。我怎忍心频频烦劳她老人家，怎么忍心让她为了我奔来跑去，于是滋生了不忍回家的念头。当母亲电话里问我啥时回家时，我总说忙，很忙，没时间。而后，抽个时间突然回去。我想，这样就不会累着母亲。

母亲看见我突然出现在家门口，竟然不知所措。那一次，母亲满脸都是歉疚，也一直怪怨自己家里啥都没准备。让我只吃一顿素菜饺子显然不足以表达母亲对我的爱。直到我走，母亲脸上都不曾有真正的欢喜。

可我觉得心安——没烦劳母亲啊！

又一次突然回去，母亲脸上是惊喜，殷勤地张罗着，饭菜也很丰盛。

看着我满脸的新奇，父亲说，你妈不知道你啥时回来，几天前都准备好了，在邻家冰箱里给你搁着哩。母亲摆着手说，不听你爸胡说，我跟他也天天吃，不是给你准备的。

就是那一刻，我觉得很是难受，决定继续给她添麻烦，告诉她我回来的时间，不至于让她天天紧张地为我突然回家做准备。

## 想起母亲的唠叨

母亲因中风身体不便，几乎经年累月躺在老家的炕上，我请了几次，她也不来城里，说乡下“散坦”，说“金窝银窝不如自己的穷窝”。我知道，母亲只是不愿意她的不方便给我的生活带来不方便。

想起母亲，就想起母亲在我耳边的唠叨——

记得小时候，我贪玩，一得空就想跑出去“疯”。总在我准备跨出门槛之际，母亲就从后面揪住了我的小辫子，训斥我“娃娃勤，爱死人；娃娃懒，狗都嫌”。

慢慢地，我就不再贪玩了，学着帮大人干活了。于是，不论走到哪里，都能收获一身赞赏的目光，走到哪里，也都是阳光般的好心情。

开始上学了，一个班六十多个娃娃，我长得黑黑瘦瘦塌鼻梁，小眼睛就像谁不小心抠出的两道缝儿，头发黄黄疏疏如枯草。我开始因丑陋而自卑，因自卑开始逃学。

一天，母亲在做针线活，我正心不在焉地写字。她突然递给我两块布，一块是密密瓷瓷的黑缎子，一块是能看见蓝天白云的白纱布。“哪块布好？”母亲似乎在问我，又像自语，“人呀，就像布一样，黑点丑点怕啥，总比‘绣花枕头一包草’好。记住：黑缎子就是比白绫子强得多！”

母亲说我是一块“黑缎子”，我也就认定自己是块“黑缎子”，走出了自卑的阴影，一路走来，也真胜过了许多“白绫子”。

求学中，朝着既定的目标，我满腔热情、十分尽心地努力，我总以为付出就会有收获，没想到暗无天日的七月收获的却是流不完的泪、伤不尽的心。

那段日子，我很悲观，因悲观而懈怠，在懈怠中敷衍生活敷衍自己。母亲说：“娃呀，米下到锅外面就不下了？要吃饭就得再下米。就像我和你爸种地一样，庄稼不收年年种，你不能和天计较和地计较，只能和自己计较……”

如豆的煤油灯下，母亲唠叨着整天围着转的锅台和田地，却说得我面红耳赤。想起母亲的话，我就不再浮躁，也就踩稳了脚下每一步。

工作了，生活中与人交往便可能产生摩擦，有时便将烦恼说给母亲。她经常只是不掺和一言一语地静静地听。只有一次，在我讲到“吃亏、沾光”时，母亲打断了我的话。她说“亏把人吃不死，光把人沾不富”，还说“能沾你的光可见你还有光能叫人沾上，你穷到骨头上谁能沾你”。最后，还训斥了我一顿，说“人就是那样，善财难舍”，让我以后不要再说什么“吃亏”“沾光”之类的混账话。

以后，我再也没有在母亲面前谈吃亏沾光的事，事实上，我真的把它看淡了。

……

母亲的唠叨还很多，多得……多得像阳光，时时洒在我身上，我几乎是沐浴着母亲的唠叨一路走来。母亲的唠叨使我眼前身后铺满了赞赏的目光和话语，终身受益！

# 爱到无力

有些字有些词，无须想，只瞥一眼，就顿生疼痛。比如，“爱到——无力”。

外婆是第一个给了我“爱到无力”感的人。

比母亲还让儿时的我亲近的，是外婆。外婆简直就是天使，她像会变戏法一样，常常带给我们惊喜。外婆任何时候来我家，都会带给我过年的感觉。极端贫困的儿时，只有过年那几天能穿上没有补丁的衣服、能吃上像样的饭菜——肌肤与口舌能得到真切的幸福感，也只有过年那几天即使把天捅个窟窿也不会挨打……而外婆来我家，除了没响炮没贴对联，真的跟过年没多少差别。

外婆一来，拆拆洗洗，所有被褥都旧貌换新颜；外婆一来，扫扫刷刷，每个角落都洁净起来；外婆一来，包包捏捏，不再冰锅冷锅，碗碗盆盆都生动起来……感觉外婆一来，似乎家才像个家，才有了温度。

母亲是个教师，用今天的话说就是个“职场达人”。带数学，教物理化学，还给学校里排练节目，她几乎是无所不能。只是打理家照顾我们，能力很有限，顾此失彼是她的特长：飘雪了我们还穿着夏天的单鞋，开水泡馍是家常便饭……外婆便总是不放心，总是牵挂，总想帮衬一下她那一根筋的女儿，安顿好我们兄妹三人。

我们兄妹三人儿时最大的爱好就是一溜摆坐在门口，双手撑着下巴，眼巴巴地看着巷子口，等那个神奇的老太太出现。她一出现就是胳膊挽着满满的笼，手里提着鼓鼓的包。我们会飞奔过去，夺笼抢包，迫不及待地在巷子口就翻找起快乐。外婆会连连说，看把我娃恓惶的，外婆该早点来……

外婆一来，我们的幸福生活就拉开了序幕，每一天都迸溅着快乐，特别是我，恨不得拽住每个人告诉他们，我外婆来了，我外婆来了！

外婆像不知疲倦似的，干起活来浑身是劲。母亲总是说，娘，歇歇，歇歇。外婆有时会接一句，要歇也是回我屋歇，跑来就是帮衬你的。她有时也会说我母亲几句：你抓学校的事娘没意见，丢了屋里的事娘就得说你，娃娃的事才是大正经事。

外婆直到自己瘫痪在床，才不再操劳我家的事，却还是时常指派外公来我家看看，送这送那，唯恐她女儿作难。

而我的母亲，似乎是在我成家后才开始正儿八经做母亲的。好像母爱在心里闲置了多年，一下子全方位爆发了。

从我的穿衣到天天买好菜送到我家，从我工作的调动到雇车到省城医院看我，从照顾我的孩子到拖着病残之躯一瘸一拐为我照顾着装修房子……在她身上我看到了外婆的影子，她努力的样子更让我心疼又自责，感觉自己像个让母亲不堪重负的巨婴。

我知道，母亲之所以如此拼命保护我，源于我那时的处境——独自拉扯儿子。既然没有温暖的肩膀可以让她苦命的女儿依靠，她就只能伸开双臂给女儿以荫庇……

母亲总是满眼忧愁地看着我，有时实在忍不住了，就唠叨起来：我咋能死得下去呀？好娃哩，你的日子过不好，我死了都闭不上眼。妈老了，叫妈缺胳膊断腿都行，叫你跟你娃好好的……

就在昨天，我在课堂上讲史铁生的《秋天的怀念》一文，说到史铁生的母亲时，恍惚间，我的母亲也站在了他的母亲身边。我想起了已经彻底不能挪动的母亲给我的小舅打电话，央求他过来帮我招呼工匠们装修房子的事。至今我还清清楚楚地记得母亲当时说的话：我死了你不来都行，给凌儿过来帮着装修一下房子，娃一个女人家弄不了……

我潸然泪下无法继续讲课，被无力的爱所击倒。

——我的母亲直到离开这个世界的那一刻，还是对我的不放心。

而我呢？我何尝不是竭尽所能地照顾我的儿子，甚至有时明明已是力所不能及了，还想着去照顾他，以至捶胸顿足焦虑万分？

是爱自己太固执了，从来不会觉得自己无力；还是亲人太倔强了，从来不认为还有自己无法做到的事？

无力的爱，总归让人心疼。

# 一个和八个，甚至更多

一个人的时候，更容易走进自己的心。十年前，中风后身体不便的母亲悄然站立于我的病房外。十年后的今天，我同样住在医院，却没了牵挂的身影……

——题记

母亲只有我一个女儿，任性之至。而我，却有八个甚至更多的母亲。这一点，一直让我很是恼火。

啰唆的母亲。

母亲好像满心里都是不放心，好像只有把一句话泡着煮着熬着蒸着醋熘着油泼着……用尽种种方法反反复复说给我，才能进我的耳朵才会上我的心。每每她一说话，我感觉就像无数架飞机轰隆隆从头顶飞过，她说过的话，更多的，还没有抵达我的耳朵就跌落了。是的，纷纷跌落在我的脚边，我不怀好意地使劲用脚踝踝，心里恨恨地想：我让你再啰唆，我怎么这么倒霉，跟无比啰唆的你成为母女！

固执的母亲。

母亲是一根筋，自己想的似乎谁也改变不了。母亲不相信她生的宝贝女儿手脚不协调，打死也不信。比如为了让我学会跳绳，母亲一有空就把绳子的一头绑在树上，自己抡着让我跳。总是被套死，总是被绳子打着，母亲总是不甘心。以至我一见母亲拿绳，拔腿就跑，我才不想学什么跳绳。只有我能打破母亲的固执，哪怕她的固执像钢板一样坚不可摧，对我，照旧形同虚设。

窝囊的母亲。

我很讨厌窝囊的母亲，我认为那是没正性的表现。别人曾让贫穷中的她很难堪，她原本可以以牙还牙甚至更狠，可她总是宁把自己拔高来一笑泯恩仇。理由竟然是“你跟人家孩子都在一个班上学了，大人还能计较啥”，可笑。上次人家说话过头伤害了她，下次求她帮忙，她还是会痛快答应。她似乎把全世界的人都当神供着不敢得罪。

瞎操心的母亲。

她从来不知道应该操什么心不该操什么心。一见我的同学，就满脸堆笑，就讨好般给人家娃塞点小吃的，连声说“跟我家妮儿好好玩，不要闹矛盾”……好像我就是个窝囊废，就等着别人来欺负。在她眼里，对谁都得小心翼翼，好像每个人都可能与我有关系，决定我的什么。

还有那个凡事想当然的母亲，神经质的母亲，讲迷信的母亲，忙得直不起腰的母亲，想打我却打了自己的母亲，身体不便还努力给我帮忙结果越帮越忙的母亲……从小到大，好像有无数个母亲围着我团团转，让我很烦很烦，让我无处躲避，让我悲愤到吼着“人家一个妈我有八个妈”。我说“八”时，恨不得吼破自己的喉咙，将她划拉到九霄云外！我再烦再吼，她都静静地看着我。等我平静下来了，她屡教不改，继续我行我素。

直到有一天，我猛然回首，才发现，一个母亲都没了。一个，都不曾留下陪我，都走了。

为什么一来就是很多母亲，要走，一个都不愿意留下？为什么全世界都向我敞开，唯独母亲彻底拒绝了我？为什么所有的母亲，都只浓缩成了一帧遗照？

此刻才明白，努力奋斗可以得到很多，唯独不能再见母亲一面。当我再次躺在病床上，才发现，没有了母亲，我就不再是金贵的女儿，只是个可怜的病人。

是的，此刻的我正躺在病床上，才发现，自己也成了很多自己：蠢笨的自己，不识好歹的自己，白眼狼的自己，懊恼的自己，自责的自己，追悔莫及的自己，悲伤的自己，痛不欲生的自己……所有的自己都令我无比讨厌！

母亲走后，我也成了八个，甚至更多。

# 一封家信

收拾母亲的遗物，看到二十八前我写的一封信。

“亲爱的妈妈：

您好，地里活不多，不忙吧？

我在学校里一切都好，宿舍四个架子床，共住了七个人，有个空床铺，上面放我们的箱子——要是懒得爬高放到顶部，就放那里。饭也不错，各种菜，各种饭，我不喜欢吃米饭，老吃面条……

中文系就是学各种语文的，现代汉语，古代汉语，古代文学史，当代文学……发的书有几十本，恐怕把几年的都发了……

我的学校跟咱村毛女的学校不远，有时周末我就到她学校找她玩……

知道你们挣点钱的不容易，我也不想要钱，只是真的没钱了，如果方便……”

天！东拉被子西扯毡，鸡毛蒜皮满纸飞，感觉就是考试时硬着头皮凑作文要求的字数。满纸都是虚情假意的敷衍，没话找话的扯淡，才接近一页。我又立马想起了这封信的由来。

自己想向家里要钱了，突然想起大哥在外求学时的事。“儿子来信了！”母亲说这话时满眼惊喜，父亲也赶紧围了过来。打开，母亲的脸没了喜色，“就两句话，要钱的”。聪明的我自然就想到要避免犯大哥的错——三锤两梆子直奔主题只是要钱。我绞尽脑汁，要写长，得说多，不要让父母觉得自己只是为了要钱，就有了这封接近一页的家信。

也记起母亲总说起这封信，言语里尽是满足。一封胡扯的信，在母亲眼里心里就成了我懂事、我节约、我体贴大人的力证。

每每母亲因此而夸我时，心里就很愧疚：

那时，自己几乎给有联系方式的所有同学都写过信，关系特好的几个，不敢说周周写，绝对达到月月写。逢年过节，买过现成的明信片，也用心做个精致的贺卡，只是真的没有给家里寄过一张明信片。将丝带抽丝而后盘盘编编花上一周才能做好一个同心扣，可以做好几个送人，只是没有给母亲做过一个。可以坐火车去给另一城市的朋友过生日，却没有祝福过父母一次“生日快乐”……

那时的我，有大把的感情和时间来挥霍，只有在没钱时才抬头看家的方向。

不管别人是否喜欢听，我都滔滔不绝地说着；不管自己多忙，都不拒绝地陪别人逛街；不管自己多委屈，都憋屈着忍受着听三朋四友说着心事……可就是不屑于和满脸期盼的母亲谈谈心，不屑于陪着母亲让她小小地骄傲一下，不屑于听母亲说说自己的辛劳与不舒服。

那时，我将所有的快乐都捧给别人，唯独对母亲没有耐心没有兴趣。

而今，当我的孩子自以为长大了成熟了不屑于跟我交流时，当我的孩子提前几天给哥们儿网购生日礼物却记不得祝福我一句“生日快乐”时，只有这封家信静静地看着我……

## 生日里，说给最亲的人

今天是我的生日，也是您受苦受难的日子，以前的这个日子，咱娘俩会坐在一起，我很笨拙地帮您活动活动久卧在床的身子骨，您则满脸幸福地诉说着怕被我淡忘的从前。而此刻，我只能看着您的照片唠叨了。

记得脑血栓是在农活繁忙您忘记吃药时卑劣地偷袭并击倒了您，从此，您的活动范围就被限制在一个狭小的区域——卧室。

长达十年，您行动极为不便，每每您气恼地说自己是个废人时，我就心痛如刀割：您辛苦操劳了一辈子，为什么就不可以享受来自儿女们的照顾？我也就很气恼自己有个过于好强的母亲，以至让自己尽孝都显得很是艰难。于是对您就没了好言语，总是一副训斥的口气，如同训斥不听话的顽劣小孩。

可是此刻，我却发现，伤人的不是思念的浓烈，而是思念奔流成河，却找不到流淌的方向。就像此刻的我，因为您的离去，我总是一次次被浓郁的思念灼伤！

走在大街上，似乎总能看见您：那灰暗的老年斑，纵横着的皱纹，干瘪的嘴唇，走路吃力的样子，分明就是一个又一个的您啊。于是，我拉着超市的玻璃门，照顾着她们小心地进出，如同呵护身体不便的您。

我现在才感觉到，思念可以使人变得善良。或者说，心里有爱的人，才会去爱他人。

每次遇见年老的拾荒者、乞讨者，我都会感到鼻子发酸，有种想流泪的冲动：这些年龄如我母亲的老人，何以老无所养凄惨至此？我已经分不清是想起您才施与她们，还是每每施与她们时就想起了您。

记得从前我们一块出门时，您身上总要带些零钱。您带钱只是为了散钱，分一点给那些乞讨者，不论老幼。我曾愤愤不平地给您讲道理，说那都是些骗子，同情心泛滥就是助纣为虐，等等。看着我挥舞着手臂唾液飞溅，您只是说，假的好啊，假的就说明他们不是真可怜。我还真盼着世上的可怜人都是假装的。

瞧，现在的我是不是也不辨是非了？以您的方式生活，就是女儿对您最好的怀念！

“亏啥都不能亏心，人在做，天在看。”

“心里安了，日子才能过顺溜。”

“……”

我常常想起您的唠叨，想起您的唠叨就觉得自己依旧是个有人看管的孩子，尽管已鬓生华发。就像此刻，想您，温馨便在想象中铺天盖地！

## 带着妈妈去旅行

我经常带着妈妈去旅行，只是觉得委屈了她老人家。

我选了最温和的妈妈——在更多的时候，妈妈是忙碌的、是担忧的，是陷入不便或疼痛而不能自拔的。温和的妈妈站在院子里，阳光和幸福铺满了她的脸庞。当她被放进机器里时，就像巨大的轮子从我的心上碾过，撕心裂肺的疼痛如电流般迅速扩展至全身。

妈妈从机器里出来了，我不会再担心她被弄皱或者淋湿——我带着去旅行的，是被塑封了的妈妈。这个妈妈，比起多年来在黑暗阴冷潮湿处的那个妈妈，应该幸福些吧?

这次，我带着妈妈登上华山，看日出。我知道妈妈是很不情愿的，一定噘着嘴满脸不高兴。妈妈只有在地里弯腰干活或是在家里忙活时，才会觉得自己是踏踏实实地活着。妈妈从不会坐在门口与大婶大娘们说长论短，她总说，“活越干越少，话越说越多”。

妈妈，跟女儿一起看这日出吧。您看，太阳缓缓地、不急不躁地往上升。太阳知道享受属于它的每一天，携着光阴从从容容地走。妈妈，过日子是不是应该像太阳升落一样从容而淡定？您呀，就是言行不一，说给我们兄妹的话是“人得心疼自家，不心疼自家，日子有啥过头”，可到了您自家身上，总恨不得将一天过成八天，在忙忙碌碌中榨干自己的汗水乃至血液，以至骨瘦如柴。

妈妈，这段路，您小心点。这是“智取华山”的那段，很陡。咱们一起慢慢下吧。我很累，真的，妈妈。可我没有坐缆车，我怕您责备。“只有身体是自家的，把身体当回事”，这是您经常说给我的一句话。我选择登华山，就是为了让您看看，您女儿的身体还不是很差。不论经过了什么，我都会一直记着您的叮嘱，好好疼爱自己。

妈，咱买些纪念品回去吧？您同意了。我就知道您会高高兴兴点头同意的。您啊，走的地方是不多，可回来总会给亲戚朋友邻里乡亲带些东西。您常说，礼轻人不怪，心里有就行了。我呀，带着您也就得像您那样做事了。我知道，您想说的是“只有心里装着别人，才能进得了别人的心”。

妈，我呀，得有滋有味地好好生活。我活着，您就活在我的心窝里。我就可以带您去更远的地方旅行，多好。

# 我一直深爱着您

又是“母亲节”，没有母亲的母亲节，对一个女儿来说，思念就被心酸浸泡成了悲痛。

还记得每年的这一天，我都会送给您精心准备的礼物，而那时的您，总是一脸嗔怒，会训斥我“过日子要细水长流”“不要胡花钱”。

妈，您的节俭一直影响着我，任何时候，我既不会炫耀般大手大脚，也不会随心所欲地去挥霍。只是，对您，我就身不由己了。

您的生日，我总要定做很大的蛋糕，您吃不惯也不喜欢吃奶油味的东西，七八十块钱买的蛋糕，在您看来，简直就是浪费。您看着就来气，就数落我：“真不晓得你的脑子咋长的，花钱贵还难吃，不如买几斤油，还能吃俩月。”

尽管如此，我还是坚持要买，我固执地认为那就是吉祥就是祝福，是生日缺少不了的必需品。我只希望我的妈妈和别人的妈妈一样，拥有像模像样的生活，包括过生日。

您常常说我是“挣一个钱花俩钱”，我的“不会过日子”也就常常惹您生气。

还记得旅游回来，给您买了个簪子，很漂亮的，可您就是不能接受几十块的价格。“就我这几根烂头发，还配用几十块钱的簪子？钱多得烧包了……”

妈，不要那么卑微，对于一个含辛茹苦养育子女成人的母亲来说，世界上任何珍贵的饰物都会以被您拥有而深感幸运！也许真像您说的，我就是“死脑子一根筋”，我只希望我的妈妈和别人的妈妈一样幸福，别人妈妈拥有的，如果可能，我就会自作主张地帮您实现。

夏天，纯棉的冰丝的休闲衣服，一套一套，我都给您买回来。您便唠叨起来：“傻女儿，纯棉就是粗布，农村地里炕上都是土，穿啥都一样……”

您中风之后身体不便，磁疗器、洗足器、拉力器、助走器……保健锻炼的东西，我也都给你买回来。

妈，我不遗憾自己没有给您带来荣耀，我只抱歉没有更长久地照顾好您。今天，又是一个“母亲节”，我的爱却不能向您流淌。

您走后，有些原本遥远而生硬的词句才从书页间走下来，“子欲养而亲不待”“悲痛欲绝”“心碎欲裂”……我才真切地感受到了理解所带来的彻骨疼痛。

还记得儿时的滑稽事：

“来，婶婶也叫我娃吃个好东西——香蕉！梅梅她舅从西安带过来的。”我和梅梅正在院子里玩，梅梅妈拿着个东西在我眼前晃，月牙状，黄澄澄的，都能闻得到香甜味。梅梅抢过去帮我剥开，我咬了一口，真香！

津津有味地吃了快一半时，才想起了您，手里紧紧攥着半截香蕉，一路急跑着回家。结果，摔了一跤，磕在了台阶上，一颗门牙被撞断了。我就是想让您也尝尝香蕉的味道，只是心太急了。

“我娃就是没有半截牙都是最俊的姑娘，那半截牙太爱妈了，跑去给妈找好吃的了。”您似乎一点都不觉得半截门牙难看，“以后吃啥都不要想妈，我娃吃了就是妈吃了。”

事实上，长大后的我，还是觉得啥好吃就想让您也尝尝。

上大学时，我习惯将每月发的饭票菜票先抽出来一些攒着——饭票菜票可以在学校的所有商店里像钱一样买东西。

每次放假，提前几天，我就整理积攒的饭菜票，全部买成各种食品，常常塞满两大包，都是带回去让您尝的。您就训斥我说，妈口粗得很，好东西叫妈吃就是糟蹋，吃啥还不是为了填饱肚子？

每新开一家购物超市，我都会看看有什么新的好吃的食品，挑选一些让您尝尝……

妈，我一直在反思自己，究竟哪里错得离谱才让您宁愿舍下我而离开这个世界。我一直这么细细地回忆，回忆的结果是觉得自己还算个听话的乖女儿。

可是、可是您还是离开了我去了那边。

是对那边的外婆太牵挂了，放心不下？我宁愿相信这个理由，因为，我也是一个女儿。

# 第五辑　一刹那，深陷美好

# 拾　遗

“有一点疤就有了病菌，就不能吃，得扔掉。”我还没反应过来，儿子说话间就将有点疤痕的水果一股脑丢进了垃圾桶。心里“咯噔”了一下，时光回到了我的儿时。

那时小孩们最欢喜的是遍地跑着捡拾遗漏在地里的庄稼。

我一直觉得庄稼里最难说话的一定是麦子，想想看：

长相刁钻，根根都像针，扎得你胳膊疼，以至再热的天，割麦子时的大人都得穿着长袖衣衫。时间刁钻，偏偏就熟在最热的三伏天，还紧锣密鼓地催。俗话说“麦熟一晌”，昨晚还泛着绿，一觉睡醒，呼啦啦铺天盖地全黄了，行动迟缓点，就“噼里啪啦”炸开了。三伏天又像娃娃脸，说变就变，一变天还是如注的暴雨，熟透了却没来得及收割的麦子，一场雨，就全还给了老天爷，农人心里得多憋屈啊。

总感觉收麦那几天怪怪的，满巷子满村的人急匆匆奔来跑去，抬头，老天爷在天上捋着胡子找乐子：一会儿将脸一沉，满地人恨不得长出三头六臂以便颗粒归仓，你慌慌张张，他满头大汗，逗得老天爷“扑哧”

又笑了。即使老天爷笑了大伙也不敢懈怠，赶前不赶后，用老人们的话说“老天爷变天比脱裤子还快呢”。

一年里，我们小孩子第一个满地跑着捡拾的就是麦穗。

挎笼提袋子，甚至扛耙耙，每个孩子都怀揣捡好拾好的念头，奔向满是麦茬的地里。麦茬坚硬地不屈不挠地挺立着，那时又太热，娃们多半穿凉鞋，划拉得脚边疼。不打紧，打紧的是要多多捡拾。心性猴急的孩子，满地跑，想着找成堆成片的麦穗，妄想一弯腰捡一捧，却往往跑了冤枉路。心细踏实的，确定一处，地毯式挨个捡挨个拾，也积少成多收获不少。当然也有幸运的成分，有时你会突然遇到地上的麦穗浅浅地铺了一层，很快就拾了不少。拿耙耙的孩子，也是心事重的，为了捡得多拾得快，只要看到麦秸，才不管是否有带头的麦穗，就很快用耙耙拢到一起，揽进笼里，回到家才慢慢掐麦穗。

孩子们捡麦穗热情高涨，最最重要的一个原因是捡拾回来的麦穗归自己处置，至少我家就是这样。捡拾的麦穗在院台子上被搓成麦粒，晾晒干，收拾起来，就由我支配了。敲着拨浪鼓的货郎来村里了，舀上半碗，就可以换回我喜欢的小玩意。当然还可以换大西瓜，供全家人享口福。

拾完麦穗，接下来就等着拾玉米棒子了。

生产队收完玉米，小孩子们就拎着笼进了地——地里还挺立着高高密密的玉米秆儿。按理说玉米棒子大，是不容易漏掉的。可我们依然可以从秆儿上找到被忽略的棒子。大多小而嫩，煮着吃，刚好。

不过相对于拾玉米棒子，我们更感兴趣的是玩与吃。

穿梭在玉米秆间，互相打闹逗趣。折断玉米秆，挥舞着敲打依旧挺立着的玉米秆，砰砰撞击着，玉米叶哗啦啦响着，不亦乐乎。那会儿最疯的是男孩子，将玉米秆假想成一个个敌人，自己则一秆在握，笑傲玉米秆江湖。甚至在玉米秆地里追逐撵打，冲撞了玉米秆，玉米秆也记仇呢，毫不客气地抽打着他们。

贪嘴的，满地里跑着找“甜甜秆”吃——“甜甜秆”就是甜的玉米秆。男孩子，干啥都野性十足。一脚踹过去，就踢倒了玉米秆，折断，不去皮直接就在茬口处看甜不甜。不甜，随手一扔，继续找。

玉米拾完就是捡红薯了。

挖完红薯的地里，我们拎着笼拿着小锄头再过一遍。别说，还真能捡到大人没有挖到的红薯。有时会捡拾一小堆呢，小得像根一样的也不放弃——我们不能吃，后院的家伙们也可以吃啊。

似乎只要有庄稼收过，我们小孩子就开始拾遗，多多少少总有收获。有时也挺纳闷，吃不饱的年月里，大人们那么惜粮，咋老有遗漏的？

儿时的我跟如今的孩子似乎一样，都没啥可吃的：一个是真的没东西填肚子，一个是吃得啥都不稀罕了。

## 一刹那，深陷美好

我去一所学校找朋友。朋友上课去了，她的办公桌上放着一份学生名单。随意捧起那份名单，目光就无比温柔地抚摸起那些可爱的名字。突然，心儿莫名地激荡起来——

这个孩子叫“黄豆”？黄豆！多直白多硬朗的名字，给他（她）取名字的长辈，对大地对粮食得有多深的感情，才将自己最亲爱的孩子取名“黄豆”？

“黄豆”不是高大上的名字，却绝对是接地气、极具生活味的名字。我喜欢它，会不会与我的经历有关？我就是在城市这座钢筋水泥浇筑成的森林里迷失了自己的孩子，闻到柴火味都兴奋无比，何况有幸捡拾到了一粒可爱的“黄豆”？看着名字，恍惚间就看到了孩子的模样：如果是男孩，一定壮实、淳朴、憨态可掬；倘使是女孩，也定然质朴、清新、宽容友善。

不是吗，叫“黄豆”的孩子理应如此。

呵！还有个叫“王一”的？“王一”，这哪里是名字，简直是中国哲学。

“王”这个姓真的很霸道，“普天之下莫非王土，率土之滨莫非王臣”，几乎所有的姓氏都得臣服于“王”。姓已高高在上，别人须仰视，名儿是不是就更得好好琢磨琢磨了，不能拒人于千里之外吧？名儿就内敛内敛再内敛，内敛到简单一笔——“一”，中国最简单的汉字，独一，真的无二。

“王一”这个名字不就是中国哲学？前面有“王”，“一”就不简单了；后面是“一”，“王”也就心安了。个人与群体，复杂与简单，完美结合。

还有个孩子竟然叫“简单”？天哪，真是无奇不有。

姓“简”没有悬念，亦无法更改，可顺口给孩子取名“简单”，得有多大的洞察力跟定力。这个叫“简单”的孩子，至少给他取名的人不简单，看透俗尘才能超然物外。而简单生活，未尝不是守住自己的最好方式？

又一个名字让我心动——“明天”！

看着“明天”这个名字，你有什么感觉？不管遇到什么事，都不要怕，也不要沮丧，更不能绝望，还有明天，一切都可能改变。那该是怎样的一个孩子啊？不论男孩还是女孩，一定是明媚而阳光的，会不会是有翅膀、披彩霞的天使？这样一想，我自己都乐了。

随意一瞥，小小的名字，竟然给了我这么多美好与想象，心里窃喜，像占了天大的便宜。

还有个名字叫“嘉言”的。“嘉言”不就是“好话”吗？遇人遇事就得好好说话，不要心浮气躁，本着“与人为善”，才会“好话一句三冬暖”。这个名字兴许也会约束着这个孩子，让她沉静下来，成为大家喜欢的一个人吧。

我原本想继续浏览名单，可办公室的一个老师随口一句，将我的心思又带跑了。她说，我早晨在菜市买了一把小蒜，想起小时大人们常说的“一把小蒜，香死老汉”……这句俗语也一下子逗乐了我：小蒜应该多香，才会香死老汉？那个老汉该多么柔情才会被香死？令人浮想联翩，可爱之至，美妙无比。

想找朋友好好交流一下，结果，没等到她下课，我就兴冲冲地离开了。在她的办公室里，我已经收获了满满的美好。

好像每天，总有各种美好的事等着与我相遇，不是吗？

下班时想顺路买几斤苹果，刚好有人在路边放了几袋子苹果零散着卖。我凑过去，弯下腰，正要挑拣，听见了主人的话：“先不要急着挑，听我说。味道没问题，就是有果锈，自己吃能行，不能送人。”

抬头，年轻人一脸真诚。一刹那，觉得心里柔软异常。我开玩笑道，你这是提醒人不要买啊。他说，我说的是真话，有果锈，有干伤，送给人就叫人笑话了。

离开时买了六斤，就冲着年轻人的真诚。撇开苹果是否好吃，遇见一个诚实的人不就是邂逅美好？

常常在一刹那，我就深陷美好难以自拔。是我与美好有缘，还是美好多得让我无法屏蔽？就像刚才，我正急急赶着回家做饭，被一位老人喊住了。她赶过来殷勤地提醒我，系在风衣后面的腰带开了。一刹那，我又深陷美好……

# 好老师的模样

怎样才算好老师？

我一直在叩问自己的良心。虽然不曾举起右拳宣誓将“成为好老师”当作自己终生追求的目标，可还是一直谨慎小心倍加努力，唯恐一不小心沦落为在孩子们成长中产生反作用力的不良老师。

直到那天，看到了丰子恺笔下的恩师——李叔同，才得以清晰地看见好老师的模样，深刻地感受到了好老师的人格魅力。请允许我，在想象中还原某些情形、某些细节吧。

1914 年，像现在一样，上课时先有个预备铃，间隔一会儿，才是正式上课铃。那年丰子恺十六岁，预备铃响了，将要上的是音乐课。孩子们像往日一样推推搡搡、磨磨蹭蹭挤向教室——每次都是正式上课铃响后老师才会来，孩子们自然摸出了规律，玩性不改。当他们推开教室门时，愣住了：

一个中年男子端坐在教室的前面，钢琴已经打开，黑板上写满了上课的内容。孩子们一下子安静下来，快速坐好。一会儿，正式上课的铃响了，老师站起来，给他们深深鞠了一躬，开始上课。

这是音乐老师李叔同给丰子恺的第一印象。从那以后，音乐课成了那个学校孩子们最积极进教室也最紧张的课。

——不在乎你教的是什么，你的态度就是学生的态度。

有一次上课，一个学生看别的书，一个学生在地上吐了一口痰。下课后，李叔同老师用很轻的声音说："某某，某某，等一等出去。"别的同学都离开了，李叔同老师轻而严肃地说"你上课不能看课外书""你不要把痰吐在地板上"，而后深深地鞠了一个躬，示意他们可以离开了。

——那两个少年，绝对不会再犯相同的错了。在自己犯错的情况下，还被如此尊重，怎能不触及灵魂？

一次下课后，有个学生离开教室时，门与门框之间发出了很大的撞击声。那个学生已经走出去了，李叔同老师跟了出去，满脸和气地叫他回来，叫进教室，告诉他"下次出教室轻轻关门"，而后给他鞠了一个躬，送他出教室，再自己轻轻关上门。

——温和提醒并亲身示范，还有比这更走心的教育？

深深鞠躬，轻轻说话，随时看护，以身示范，应该就是好老师的模样吧？每每想起李叔同的音乐课，我就脸颊发烫，愈加小心。

## 说“粗”

我是个“口粗”的人，粗到让自己都脸红，粗到对不起所有入口下喉的吃喝。

先说喝吧。

“尝尝，这茶，一丁点近一千块，绝对不一样！”主人说着就将茶杯递了过来。其实我很为难：不喝，对不起茶叶的牺牲，喝吧，更辜负了茶叶。对我来说，喝仅仅是为了解渴，喝什么都一样。关键是，别人请我喝了很多次茶，说是不同的好茶，说着不同的好，也表现出不同程度的陶醉，可我就只喝出了相同的味儿——茶味。

“不是稀客贵客，我这套茶具是不亮相的！”主人说时，一脸给足我面子的豪气，“你握在手里感觉感觉，这种精致上乘的茶具，泡的茶都不一样……”主人很殷勤地给我递过来，同时递过来的还有满脸希求得到肯定的热望。我是双手接过的，如此金贵，毛手毛脚的我有个闪失不就糟糕了。我握在手里，像玉般温润？没有啊。和用瓢用碗用茶杯喝茶有区别吗？一个下里巴人一个阳春白雪？除非好茶具能将次等茶叶泡成琼浆，普通茶具会将上等茶叶变为污水，否则，在我眼里都一样。

再说说吃。

我自己口粗无所谓，却曾让母亲很没面子。

母亲跟朋友们带着各自的孩子出去吃饭。有点咸，不好吃，那个孩子说。甜了甜了，我不吃，这个孩子说。我想吃油酥的，不要这个，干硬干硬不好吃。另一个说……

别的家长征求意见般看着我，我一脸没感觉。母亲总会不好意思地解释，我孩子口粗，不管那些。那神情，好像此刻我的不挑食给她丢了脸一样。就有家长说，这娃好养啊。表情里丝毫没有对小孩子的疼惜，似乎我见风就长、沾雨就冒。

后来，到了单位，出去聚餐。贴心而殷勤的男同事总会问谁有啥忌口的。别人也总会说点什么，轮到我，摇头时一定很霸气，以至他们调侃道，这样的媳妇好养。

于我，吃就是为了不饿，让我为了吃一顿饭等半个钟头，都是折磨，自然更不会跑着找美食了。说来好笑，还发生了一件让人不好意思的事：曾有一读者联系并找到我，说看我的文章有情调情趣，想请我喝咖啡，好好聊聊文学。我说，喝白开水聊文学更好，不影响也不稀释说话的氛围。读者瞪大了眼睛，似乎在说：这么粗线条？文字是假的？

整体上我属于只讲吃饱穿暖的粗线条，我也只敢在吃喝上是粗线条，因为我固执地坚信：人的精力不是无穷无尽的，粗细皆有定数，断然难以做到面面俱细。倘使你觉得有人面面俱细，我得提醒你，其中一定有打折或做作的成分。

于我，已经口粗怠慢了吃喝，也就不敢语言举止动粗了。人粗一点可以原谅，粗多了，就十恶不赦了。

## 不经吓

从小，我就不经吓。

“好娃哩，哄人造孽，鼻子流血。”四十多年前还是小孩子的我第一次撒谎，下午就被母亲察觉到了，她板着脸训斥了我，就差用手指头狠戳我的额头了。那个下午，我一直忐忑不安地傻坐着，那种恐惧一直延续到晚上，整个晚上几乎就没睡着，迷迷糊糊地，贱爪子一直摸着鼻子怕流血。第二天，母亲摸着我的头说，一晚上都没睡踏实吧？看来你是知道自己错了，不会再撒谎了，鼻血就没流下来。

从那以后，我再也没撒过谎。即便几年后我已经知道了那是母亲在吓唬我，也已本能地拒绝撒谎。

“逮了鸟的手就毛里毛躁不会写字了！”母亲训斥淘气贪玩的哥哥时，我恰巧路过，吓了一大跳。就在前一天，我跟胖妞还捉过一只低飞的燕子呢。看着自己的手，赶紧在空中比画了一下，好像还能写字。我马上跑进屋里，拿出本子跟笔，试着写，没有异常啊。心里有点害怕，我得不停地写，省得让“不会写”钻了空子。

似乎也是从那以后，我不再像男孩子般上树逮鸟，下河捉螃蟹。老捉螃蟹，会不会横七竖八都不能好好走路了？瞧瞧，慢慢地，我都学会了自己吓自己。

轻易就被吓着的我，怎么看都显得那么无知。后来啊，很多事，明知只是吓唬却依然愿意相信，心甘情愿地画出很多“雷池”，让自己小心行走、不去逾越。

“话说满烂嘴。”这是在我五六岁赖在奶奶怀里让她绾头发时，奶奶指教爱吹牛的小叔的话，被我一直记着。面对瞬息万变的生活，强大的竞争者，我不知道自己的努力会不会留下痕迹，能不能让别人满意。

每每开口，我只敢小心地说“努力”“尽力”，我怕自己被说出去的话噎着，怕自己的行为被自己的大话否定。

“就是人的心烂透了，老天爷的眼也亮着哩。”这是多年前一同事的感慨，被碰巧路过的我赶紧揣进了心里。我怕自己言行失当时被万能的无所不在的老天看见，为了求得心安，便一直循规蹈矩，哪怕自己难受点。

至今，我还是不经吓。其实很多时候，我宁愿被吓着，也不想变得让别人失望甚至令自己也生厌。

# 剪刀·石头·布

“剪刀·石头·布”，儿时玩得人欢马叫，近乎热血沸腾。玩法简单极了，可每次都有悬念。它最最讨小孩子喜欢的是，赢的虽然有点得意，输的也会立马卷土重来，期待的，是不断翻盘的感觉。而我，却是个例外。用我二哥的话说，智力是我的硬伤，所有需要动点脑筋的游戏，我都无法驾驭，就像“剪刀·石头·布”。

可我偏偏就喜欢跟二哥玩这个游戏，一直玩。“剪刀石头——布，三次——定输赢”，每回开场白都是这一句，老套极了。可每回我都不会依那个规则执行，后面必须加上N次，直到我赢。

而我赢的，像扭了十八匝的麻花，极为别扭。

输，还是输，一个劲地输。人家是输红了眼，我是输铁了心。拳头拳头还是拳头，我一直快速地挥动着拳头，二哥就被逼成了剪刀剪刀还是剪刀，并笑着说，剪刀叫拳头碰得连把儿都没了，你彻底赢了，停了吧?

我知道的是，面对我的无赖，二哥彻底没招了，只有举白旗求我放过他。我不知道的是，为什么每次他都可以赢我，即使为了出个拳我强行间隔半天来考虑出什么，还是会输。

二哥大我两岁。只是十岁前的他，瘦瘦小小，跟我个头一般。我又是假小子性格，他便常常受我欺负。直到很多年后，还受我欺负。倘使我先知先觉知道“很多年后”其实只是“1995年的春天后”，我断然不会那样无赖的。

“凌儿，赶紧给猪割一笼草去。”母亲说。

我径直走到刚放下架子车的二哥跟前，伸出手。他看了我一眼，就知道得“剪刀·石头·布”决定谁去割草了。我会不停地出下去，直到……我赢。

而后，我会一本正经地对母亲说，二哥输了，他该去割草。母亲无语地看着我时，二哥转身，又拎起了笼，再次出门。每每那时，我多少会有点良心不安，陪他一块去地里。采采野花，捉捉蝴蝶，二哥将笼割满了，喊我回家就是了。

也记得只要狗剩毛蛋他们一喊二哥出去玩，我必将死死缠住他要一同去。有些男孩子玩得野玩得疯玩得狠，女孩子根本不能参与的，或者有女孩子在男孩们也不方便疯与野的，因了我的纠缠，二哥就自觉退出，被迫留在了家里。

“娃把你叫哥哩，你就把娃带上，怕啥？”一次，母亲烦我在家里捣蛋，也劝起二哥。在家里，我任性惹事，又懒得干活，大致也属于鸡嫌狗不爱之类的。母亲倒希望我去外面疯，图她自个儿眼不见心不烦。

逼急了，二哥冒出一句，“那些二杆子比谁尿得高也能叫咱娃看？”听得我的脸一下子羞红了，想起那些坏男孩想赶走女生，就作势双腿分开，“我要尿尿了”，女孩们就羞着跑了。

慢慢地，自己也觉得乏味，就不再老想跟在二哥屁股后面和男孩们一起疯了。不过在家里，还是一如既往地跟二哥以“剪刀·石头·布”来谈条件。

“凌娃扫地，建奇（二哥的名字）烧炕。”母亲向来做事不靠谱，具体表现为竟然想把懒散不靠谱的我“当个人”用。结果没完没了的“剪刀·石头·布”让二哥失去了耐心，干脆烧完炕再扫地，彻底撇开了我。

放假在家，想跳大绳了。二哥正在写作业，我就径直走过去伸出手。二哥装作没看见不搭理，我就用脚踢凳子，反反复复踢，他的笔就晃得写不好字。

“我赢了你就给我抡绳，那头绑到树上就行。”我提前都设计好了，只需要一个帮手就可完成。我的伎俩已成了习惯，直到我赢才肯罢休。二哥出了两个拳后直接问，抡多少下，我得做作业。

我就在二哥很有情绪的响亮的数数里，欢快地跳着大绳……

一次赶集，母亲给了五毛钱，让二哥带着我挥霍一次。我们喝了两碗醪糟花了一毛（一碗五分钱），我吃了一长截甘蔗才五分，称了些江米条，自然也是我主吃。剩下的钱，二哥买了牛肉，让切成片，麻纸包裹。他说，回家大家都吃。

“我吃我那份。”还没走出街道，我就打起肉牛的主意，还必须吃够五分之一。走了不远，我又提要求了。“我吃咱妈那份，咱妈最爱我，肯定让我吃。”又吃了四分之一。还没走到一半的路，我还是控制不住自己的贪嘴，再次觊觎牛肉。“我吃咱伯的，伯从没打过我，最爱我。”三分之一又到了我肚子里……反正后来的情形是，二哥一进门竟然哭了。母亲安慰他说，谁吃了都一样，都是进肚子。

瞧瞧，即使不“剪刀·石头·布”，我的一切恶劣在二哥那里，也都畅通无阻。不过奇怪的是，即便二哥想输给我，故意胡乱出拳，我也赢不了，看来我根本没有跟别人耍心眼的智商。我的一切狡黠一切无赖，只是因为披着“小妹”的外衣，只是因为他满心里都是不忍，才会令我肆无忌惮一路绿灯。

二哥早早辍学，心甘情愿地给我送饭，满心欢喜地送我上学，而后在不足二十七岁时就永远长睡不醒……

“剪刀·石头·布”，现在每每冒出这几个字，我就泪眼婆娑。就像，此刻。

# 怀　恋

似乎还沾不上老的沿儿，我却已对时下种种情形心生厌倦，喜欢沉浸于昔日，乐于怀恋往事。

我一直不能适应眼前种种的快：很快地相识，很快地掏心掏肺，更快地反目成仇；很快就一见钟情，再见已如胶似漆，转身又形同陌路。

——少了了解，快得让我心中着实不安。

我怀恋慢：远远地久久地端详一个人，而后试探着慢慢地走近，沟通，误解，磨合，而后才认定是值得交心的朋友；静静地看着一个人，细细地感受，甜甜地回味，像慢火炖肉般，香味儿甜气儿飘出来了，感觉到连气场都跟自己一样时，便心动了，行动了，欢喜漫过，爱意渐浓。

先预热后慢火，不伤人也不害己，真好。

我也一直不能接受眼前的变：前一刻钟还在手机里激情洋溢地说明天就专程坐车来叙旧，还一起回忆着昨天的开心、描绘着明天的美好；眨眼，又一个电话过来，不管是理由还是借口总是那么方便，面对的是手机屏，说什么都跟真的一样，一切承诺便烟消云散。

——没了过程，变得让我心里委实没底。

我怀恋慢：想朋念亲了，准备几天后，风雨兼程，翻山越岭，披星戴月地站在思念的人面前，彼此的那种期盼与惊喜，会在心里热闹许久许久。事后忆起，还是那么鲜活与暖心。

先是热望而后准备，不会改变也不会空欢喜，多好。

我真的厌倦快与变，说我不与时俱进也好，羞我死板不知变通也行，我还是一如既往地怀恋故去时光里的慢：

用很长很长的时间了解一个人，用很长很长的时间认定一件事，而后，心如磐石。

# 我的肉肉

请了些肉肉来家里做客。是的，做客。连我这凡胎肉体都是暂住于此，何况玲珑脆弱的她们？对，“她们”，不是“他们”更不是“它们”，我的新朋友肉肉们。

心里一直有种很奇怪很奇怪的感觉，肉肉若是人，一定是矮小的女人，一定是矮小又会撒娇的女人，一定是矮小会撒娇又饱满到滚圆的肥硕的女人。

这是一种视觉带来的奇特想象，且无比丰富。

看着肉肉们，我总会涌出诸如“小可爱”“小心肝”“怜惜”“心疼”这些柔柔软软的词儿。好像我面前有一些小精灵，都圆圆胖胖、胳膊腿儿如莲藕。她们似乎在跟我打招呼呢，声音甜美而清脆，听得我心里酥酥软软。这种感觉不是会撒娇的小女人又会是什么？

肉肉们来了后，我整个人变得慵懒起来，总喜欢坐在肉肉们中间，目光倾泻在她们身上。只要没有急事，闲暇时间就是陪肉肉。肉肉们懒，也跩，总是不言不语地孤芳自赏。没办法，谁让我一厢情愿地喜欢她们呢，只有我厚着脸皮跟人家搭讪了。听不听是肉肉们的事，说不说才是我的事。我给肉肉们说着她们到来后我心里的欢喜，我的改变，听得肉肉们得意地一晃一晃的……有时不得不离开时，会很抱歉地一走三回头——最尊贵的客人在家，我却得失陪。

酷爱读书的我，有了肉肉后，明明摊开了书，看不了几句，耳边就炸开了：木头木头，看我看我，破书有啥好看的？

一抬头，肉肉们正冲着我挤眉弄眼、摇头晃脑，哈，成精了，会勾引人了？

瞧瞧，肉肉们就是这么黏人，特会拉关系特会套近乎——不就是那些矮小肥硕、没心眼没城府的小女人么？

每每家里来了人，我总是按捺不住，定要显摆般邀请客人到阳台观赏我的肉肉们。我会一一介绍：星美人，胧月，艳日辉，火祭，初恋，虹之玉，千佛手，珊瑚珠，佛珠……单单听这些名字，你不得心里痒痒得想快点一睹芳容？

我会说尽肉肉们的美与好，而后就眼巴巴地期待客人的赞赏。好像把自己的孩子带到别人面前，反反复复地说孩子的千般美万般好，单单等别人露出羡慕的神情而后赞不绝口。

只是，我很少触摸她们，看不够爱不够，只是目光缠绵，唯恐我粗糙的手指撞伤了她们娇嫩的腰肢、水嫩的肌肤。

在来人面前卖弄时，也只是在空中比画着。当别人一时兴起伸出手时，我会立马说“不敢摸不敢摸”。显摆又怕别人摸，感觉是不是像极了金屋藏娇者的心态：想给人嘚瑟，又怕别的猫儿偷食。

我的肉肉们啊，请你们进家或许就是一场错误，从此啊，我只看肉肉不早朝，情愿一错再错，哪怕万劫不复。

# 怀旧的人

我是个怀旧的人，似乎一切的旧，旧物，旧时光，连同行走在旧时光里的人，都堆积、萦绕、徘徊在我的记忆里，我拉着扯着推着拽着，就是不想放手。

小木凳与客厅很不相配，俨然下里巴人与阳春白雪的搭配。可我却依旧让小木凳霸道地占据着客厅最显眼的地方。

很小很小的小男孩，一岁多？两岁？绝对超不过三岁。他骑在小木凳上说是“骑马马”，咿咿呀呀地乱吼一气。走到哪里，都要抱着那个小凳子，似乎除了那个小凳子，他坐在什么上都不安全。这种状况一直持续到五岁多才好转。

我怎忍心淘汰它？它承载的是一段最最重要的岁月，岁月里裹挟着那个小男孩的欢声笑语，甚至成长的痛。

那堆积木，庞大的阵营，哪怕因我疏于打扫而落满尘埃，都不忍挪动一下。这些积木就像那个小木凳啊，曾是男孩所有的憧憬与快乐，也曾让我真真切切地感受到了他的动手能力在拔节地提升。

我不能时刻陪伴他，却怕他孤独。好在他喜欢搭建积木，于是就源源不断地买回来，他开心，我便安心。那男孩已经跨过了二十岁，积木一如从前般稚嫩、可爱。或者说，积木只是固执地帮一个母亲，记下孩子成长中无法挽留的过往。

我无法将它们用箱子归置起来，更不忍心送给别的孩子。目光从积木上抚过，似乎看到了一个男孩摆积木的情形……

还有那些书们，只要喜欢只要好奇，就不断地买回来，看罢就堆起来。堆得多了，也明白有些书不会看第二遍了，却不舍得送人——上面有我的笔迹啊。哪里只是笔迹？是我那一刻阅读的感受，是那一刻光阴的浓缩。

每每告诫自己，整理一下，该淘汰的淘汰，该送人的送人。其结果却是：翻来翻去半天，犹犹豫豫地拉出来，又果断麻利地放回去。好像丢哪一件都是忍痛割爱。既然不忍，索性不割。

岂不是白费了？哪里啊，又一次幸幸福福地在往事里走了一遭。

怀旧的人心思重，点点滴滴中都泛滥着、流淌着无法割舍的深情厚谊；怀旧的人贪婪，不舍过往不弃曾经，一起推着拽着热热闹闹地前行；怀旧的人善良，磕磕绊绊了，受伤了疼痛了，用过往来温存自己；怀旧的人宽容，那些不曾远离的美好，会洇成一片，美丽心情。

# 第六辑　愿你一直向阳成长

# 学会和自己交朋友

笃行，我的孩子，你是个很容易受情绪影响的孩子，欣喜若狂或泄气沮丧似乎没有一丁点的过渡。

别人一句不切实际的肯定会让你高兴好几天，一句无中生有的指责也会让你垂头丧气一段时间。你似乎总离不开朋友，需要他们的安慰或引导。

可你是否想过：再亲密的朋友，总有比和你谈心更重要的事情；再铁的哥们儿，也总有比你更亲近的家人需要他们。当你一味地把自己的情绪交给别人时，就可能受到伤害。

——孩子，你必须学会和自己交朋友，只有你自己，才是自己永远不离不弃的朋友！

当愤怒如浪潮般席卷而来时，记得与自己谈心，让理智来浇灭怒火；当沮丧铺天盖地般袭击你时，别忘了安慰自己，抬头看看蓝天，没有永远的风和日丽；当挫折不可避免地来临时，即使双手痛苦地支撑在地上，也得鼓励自己爬起来……

孩子，妈妈说了这么多，只是想告诉你：在任何时候，自己都是自己永远忠实的同行者、支持者，不要将决定你情绪的权利交给别人！

就像昨天，你需要别人的肯定才能拿定主意时，一向支持你的妈妈正好不在，而爸爸含糊的态度让你对自己的决定产生了怀疑，就轻易地放弃了自己盘算已久的事情——和同学们结伴去梁山游玩。

和同学们结伴游玩真的是一件不错的事情，可以锻炼你独立思考和解决问题的能力，也可以增强你的应急能力。而你，却没有冷静权衡利弊并果断决定自己的行为。现在看来，真是一件遗憾的事情。

和自己交朋友吧！高兴时，犒劳自己，得意时，告诫自己——日渐丰盈的心灵是最好的加油站！

为生活奔波，抽空还忙碌于文字间的妈妈是没有太多的朋友，可是，你见过妈妈孤独寂寞吗？妈妈最好的朋友就是自己，回忆往事温暖自己，展望未来鼓励自己，妈妈永远活得这么有心劲儿！所以，作为你的妈妈，我也希望你能和自己成为真正的朋友。

妈妈希望你能和自己交朋友还有另外一个原因。

孩子，“成见”这个东西很可怕，它培植的是固执，即便错误到无以复加，也会硬着头皮继续下去。但每个人，都不会对自己带成见，都会倾听自己发自内心的声音——自己一旦和自己成为朋友，你将会摆脱许多烦恼的。

我的孩子，瞧，和自己交朋友不是一件很好的事情吗？

## 我无法回答你的问题

昨天，也不知何事惹你生气了，你绷着脸瞪着眼扭着脖子质问我："你到底爱不爱我？你除了爱唠叨还爱啥？就爱收拾破东西！"

孩子，妈妈真的无法回答你的问题，连我自己也不知道，我爱你到底到了什么程度，我同样也控制不住自己，就想唠叨！

"那娃玩滑板利索得很。"你很随意地说了一句，就击中了妈妈的语言开关："你是忘了你小时候滑滑板的样子，那才叫'利索'！第一天都顾不上吃饭，在广场疯玩了一整天……"你斜着眼瞟了我一下，显得有些不耐烦："有那么夸张？你就是唠叨，我就说了一句人家娃滑滑板，你就扯得那么远！"

你小时候跑起来不会拐弯，老收不住腿就撞到了墙上；你在妈妈的备课本上执着地画着波浪线还说在"写字"，一页又一页；你把牙膏挤出来说要给小狗刷牙，被折磨得受不了的小狗咬了你的小手后逃走了；妈妈在西安的大街上故意将你"走丢"，你却很乖很乖地站在原地等着妈妈……

你小时候的这些事儿，永远地定格在妈妈心里，妈妈总忍不住满心欢喜地说给别人，当然包括你。

一说到别的小孩，妈妈就会马上联系到你的小时候，便一发不可收拾地说起你小时候与之相关的种种趣事。于是，你总说妈妈唠叨。只是，你注意到没有，妈妈的唠叨仅仅因为与你有关，与你有关的，妈妈才会滔滔不绝、唠唠叨叨。

你还说妈妈是爱收拾破东西的“废品站”站长，理由是：你用过的玩具、小了的旧衣服，甚至用过的课本、写过的作业本，我都收拾得整整齐齐，就是舍不得送人。

妈妈怎么忍心送人呢？那把大水枪，别人开玩笑说“虎子，我打你妈了”，你就开始胡乱射击“拼命”保护妈妈；卡布达是你在西安住院时买的，换药时疼痛难忍，你就紧紧抱着卡布达，哭着喊“卡布达救命，卡布达救命”；那四百多个零件的积木，你的聪明让它变化无穷，惹得我们笑声阵阵；那老掉牙的画板，给了你拿笔挥洒的快乐，你那小小的脑袋里竟然装着如此神奇的想象，让妈妈感慨万分……没事时，妈妈就整理整理（其实原本不用整理的，根本没人再动它们），整理的其实都是妈妈对你的回忆。

小了的衣服，看着它们，我就想起你曾经的神气样。时间都长着脚在飞跑呀，我是拽不住的，妈妈只能看着你一个年龄段一个年龄段的衣服，唤醒“曾经的你”——聪明可爱，有时又顽皮气人。小了的衣服又怎能随便送人，它们珍藏着你的过去！

你用过的课本写过的作业本，稚嫩的笔迹，是那么的认真。慢慢地，字儿有体了，却多了心慌。作业多负担重，态度就打了折扣。为此，你没少受妈妈的训斥。当然了，课本上还留下了你上课开小差的印迹——画的卡通画。你跳跃着的思维，理顺的思想，都表现在课本的旁批里。

说穿了，不仅仅是你用过的玩具、小了的旧衣服、用过的课本写过的作业本，凡是可以记载你的经历的，妈妈都不忍心割舍。

孩子，你知道吗，我喜欢去南大街高家巷 9 号坐坐。咱们在那个院子租住了七年之久，从你刚满一岁直到快九岁搬走，你的欢声笑语都留在了那个院子里。每次，妈妈一推开院子的大门，恍惚间，就看到了你：

摇摇晃晃走路不稳的你，叽叽喳喳说个不停的你，在院子里的花丛间捉蝴蝶的你，第一次捧回奖状飞奔上楼摔了一跤的你，犯了错被我罚站在楼梯口满脸是泪的你，呼啦圈在腰间已经转了一百下还在继续时得意的你……

我喜欢去曾经租住的地方，仅仅是因为在那里能强烈地唤醒对你的记忆，我的孩子，你能明白吗？

孩子，妈妈真的无法回答你的问题：我不能把自己对你的爱精确地量化，也就不知道自己爱你到什么程度，我也改不了自己爱唠叨的毛病，我还会继续收集你的破东西。

# 负气离家的妈妈

“咣当——”负气摔门而离开家的，是我。惹我生气的，是儿子。

那小子，和风细雨渗不进，暴风骤雨摧不垮，软硬不吃，固执得刀枪不入，似乎可以承受来自我的一切愤怒。我最最不能容忍的是他的沉默——直视着我的眼睛的沉默，是挑衅式沉默，低头不搭理我的沉默，是漠视的沉默！

独自走在街上，我已经不知道自己生气的是他做错的事，还是他面对我声讨时的沉默。

马路对面站着一个中年女人，脸上是阴沉沉的不快，脚下，是不知进退的摇摆不定。莫非，她家里也有一个拒绝和她交流的浑小子？一定是的，她看上去和我一样郁闷。

只有你最爱的人，才可能伤害到你，也只有那个小东西，才会狠狠地击垮毫不设防的你。

我原本正在看一篇很感人的文章：儿子在去大洋彼岸留学的前一天，硬拉着妈妈去超市买了一冰箱的食物，还笨手笨脚地照着菜谱做了一大桌菜。而后告诉他的妈妈，以后就像我这样做着吃，一个人吃饭也不能将就的……

我被感动得一塌糊涂，就想到了自己的宝贝儿子，恍惚间，仿佛儿子已经笑盈盈地给我把饭端到了跟前。和儿子交流交流，我一边心里这么想着，一边推开了他的房门。

“咋没敲门？”小浑球儿扭过头就这么一句，“我到你那边都要敲门的。”

“碎家伙，连你都是我生的，还有啥隐私？”我顺手摸了一下他的头以示亲昵。

“摸别人的头是不礼貌的。”他抖了一下头，眼睛依旧没有离开书本。

我一下子火了，怎么净找我的茬？一生气，就起了高声。而他，只是沉默，是都不曾抬头看我一眼的沉默，以至我都不知道该把满腔火气发到哪里。

于是，我摔门而去。

可恶的家伙，他怎么就忘了我是怎样疼爱他的？外面的天明明阴沉沉地哭丧着脸，他就是不肯带雨伞，我硬塞进他手里，他也会在临出门的一刹那撇在沙发上而后飞奔下楼。心一发狠，盼老天爷下场大雨，美美浇他一顿，好让他长点记性。可刚滴了几点，我又赶忙把雨伞送到了教室门口。

你说要“捂春”，衣服不敢换得太快，容易感冒。他偏偏蹦着跳着喊着“热死了”，硬是要换。着凉了，躺在床上清闲的是他，受累的却是你……

不敢算不敢数，从小到大，他一直就这样不懂事，也不省事，让你生气外带瞎忙活。

在街上转了几圈，心里空得来阵风都能刮倒：那家伙饿了没？算了，饿他一顿，让他也知道惹妈妈生气的后果是可怕的。还是赶紧回家吧，省得那家伙泡方便面了。

钥匙刚塞进锁孔，门就开了。

立正，一个标准的军礼。“对不起，母亲大人，原谅您的碎崽娃子！”说着就将你往厨房拉，“请您用膳，我已经把方便面泡好了。”

我晕！

一切，又烟消云散。或许，烟和云，只在自己眼前晃了一下，又或许，压根就没有烟和云。

唉，负气离家的妈妈，只要那个臭小子在家，就不会超过一顿饭的时间。

# 别忘了，孩子在成长

## ——我和儿子的一次交流

“笃行，妈今早看了篇文章，感觉特别好。”我经常和儿子交流读书感受，也常常有较为相同的观点，这一点，一直是我最得意的。

在美国，有位女士做了这样一个试验：她从公园里摘回两片叶子，一片放在床头柜上，另一片放在起居室里。每天早上起床或是晚上睡觉前，她都要看看床边的叶子，希望它继续活着，对另一片叶子则根本不予理睬。一个月后，不闻不问的那片叶子萎缩变黄干枯；而获得关注的那片叶子不但活着，而且就像刚摘下来时一样新鲜。后来一些权威人士都进行了相同的实验，获得相同的结果：植物能与人进行心灵或情感的沟通，肯定它、关注它，就会很好生长。

我想告诉儿子的是：连植物都能读懂人的感情，更何况人本身。所以，在更多的情况下，不是人不懂人，而是拒绝理解别人罢了。作为妈妈，我希望他能珍惜别人对他的赞扬，变得更加优秀。

结果却是——

“人家关注就好好长，人家不搭理就放弃长？还有没有自己？我才不想成为那样的人！”他嘴角一撇，就扯到一旁去了。“再说了，最美的花未必就是人天天欣赏的花。”他的反应出乎所料，倒让我有点诧异。他继续说下去，“你不是说非洲的戈壁滩上有种依米花，花朵只有四瓣，每瓣一种颜色，红、白、黄、蓝。不仅长得美丽奇特，关键是扎根要用五年而开花只有两天，为了这两天没有人理会的开放，它要等五年，多执着！还有沙漠玫瑰，开在接近沙漠边缘，非常艳丽灿烂不说，还四季开花不断。不是也没人看嘛，并不妨碍自己好好开花……”

我一下子生气了：“你看你，要是长大意味着你都没有耐心听完大人的话，要是长大标志着你只是想与大人顶嘴，我宁愿永远抱着你当婴儿养！！”

“妈——你怎么那么容易就生气？我就是跟你说说另外的一种情况。谁没事干了天天表扬你，还不是得自己鼓励自己？”儿子也觉得有些委屈，“你说你今早看的，我说的还不是你以前讲给我的？”

我也觉得自己这次似乎很容易就恼火了，莫非习惯于儿子附和着我，不习惯他有和我不同的想法？莫非习惯于将他作为幼小者牵引他前行，不习惯他突然有了自己清晰的航向？我的想法太可怕了——儿子毕竟不是我的复制品，他终归是要独自飞翔的。于是就静下心，示意儿子把他的想法都说出来。

“我的意思是，植物为什么不能正确认识这个问题：有人肯定自己时，得感谢别人的肯定，把好好生长作为报答别人的肯定；没有人关注时，就更要好好生长，那才是真正地给自己生长……”

儿子的话语让我眼前一亮，我实在是委屈了他，是我没有耐心听他把话说完。他已经能够正确全面地看待问题了。

“你说得很对，我的认识的确片面，看来得向你学习了。”

他笑了，说，就像今天接受的新思想，得到认可，我更得提高了。

这是一次很有收获的交流，我为儿子成为主角而高兴：成长本来就是能够自己独立思考的一个过程。

## 我不给你解释的机会，孩子

“妈，其实我……”儿子慢吞吞地挪到我的跟前，脸憋得通红，似乎是下了很大的决心，刚一开口，我就很不客气地打断了他的话：“打住，我从来不听解释，只看结果，结果是你的作业没有在规定的时间内做完！”

是的，我从来不给孩子解释的机会，周围的同事朋友都说我“把妈当‘死板’‘教条’”，可我并不在乎，依旧我行我素，有过之而无不及。

我深深地明白，在生活中，在许多时候许多情况下，谁也不会给我们解释的机会，看重的就是铁的毋庸置疑的结果！所以，不是我生来冷漠苛刻，对自己孩子冷漠苛刻的人是不配为妈妈的。我只是怕解释一旦开了头，往后事事不妙事事糟糕时，第一个涌上孩子心头的，不是应该如何积极地补救而是如何做推诿般的解释。如果我纵容了“解释”，让它畅通无阻，“解释”极可能演绎成“借口”，甚至完美得无懈可击的解释会产生在做事之前！

我们成年人，在做一件事情不成功或者被批评的时候，都可能寻找种种借口来自我解脱。我担心太多的解释会成为孩子前行的绊脚石，所以我拒绝听他解释！

事实上，成功或优秀的人士，是不需要解释的。

大家熟知的美国职业篮球联赛（NBA）1994年至1995年赛季的最佳新秀杰森·基德，他谈到自己成功的历程时说：“小时候，父亲常常带我去打保龄球。我打得不好，总是找借口解释自己为什么打不好，而不是去找原因。父亲就对我说‘别再找借口了，这不是理由，你保龄球打得不好是因为你不练习’。他说得对，现在我一发现自己的缺点便努力改正，绝不找借口搪塞。”达拉斯小牛队每次练完球，人们总会看到有个球员在球场内奔跑不辍一小时，一再练习投篮，那就是杰森·基德，因为他是一个不为自己寻找失败理由的人。

——成功的人永远在寻找方法，失败的人永远在寻找解释！

不要给孩子解释的机会。不寻找借口，就敢于承担责任；不寻找借口，就能积极思考；不寻找借口，就是永不放弃！拒绝接受孩子的解释，就是堵死迁就他的道路。

作为深爱着孩子的妈妈，我从不给他解释的机会，不是因为我冷漠，而正是因为我深爱着我的孩子！

## 孩子，你让我心疼又无奈

你是高中生了，我曾兴奋地见人就说，我是高中生的妈妈了！

开学第一天，两千多新生排队交费，你在长蛇阵里慢慢地向前挪动，妈妈一直陪在你的身边。“你回去吧，你又不能替我排队。”你劝妈妈道，“站在旁边不排队也把你热的。”我笑了，说，妈妈是不能替你受苦，可妈妈要陪在一边感受你的苦。

我的孩子，妈妈不知道这句话竟预示了我们以后的日子——妈妈真的不能替代你受苦受累，只能看着你独自辛苦地承受！

每天，你让妈妈 5 点 50 分喊你起床，可妈妈就是想 55 分再叫你起床，就是想让你多睡几分钟，也只能让你多睡几分钟！每晚，你几乎都是在零点以后乃至快 1 点时才疲惫不堪地爬上床的。

孩子啊，你一天能睡几个小时？不敢算，算得妈妈心里揪心的疼！睡不到八个钟头，如何能保障你的健康？妈妈劝你早点休息，你笑着说：“没事，我能撑下去，你早点睡吧。”你乖得让妈妈心疼！

“做不完就算了吧，赶紧睡。”我催促着。

你满脸夸张的悲壮，一字一板地说：“生前何必久睡，死后自会长眠！”

傻孩子，你不知道你的调侃让妈妈多么伤感！妈妈希望你学业优秀，更希望你健康快乐，而不是壮士一去不复返的苍凉与绝望！

看着你清晨6点匆匆忙忙咬着面包出门，中午12点仓仓促促地充饥式吃饭，晚上紧紧张张地写作业，我们最最享受的交流时间也被我自觉地删去了。看着你那么辛苦，妈妈连句关心的话都说不出口，唯恐占用了你原本就被挤得紧巴巴的时间。

半个钟头，一个钟头，两个钟头，从9点40分进门到12点，你除了起身去了趟洗手间外，再没动过一次。岿然不动地静坐疾笔，让妈妈很是心疼心痛。连我放在你手边削好的苹果，都没咬上一小口。

我的孩子，也许人们都觉得勤勉更容易接近成功吧，因而妈妈真的希望你是个勤勉的人。可是，看着你今天这般辛苦，妈妈突然觉得过分勤勉未必是好事。想想大自然吧，一棵树再怎么具有远大的梦想，再怎么攒足劲儿，据说也只能长到一百二十多米，不是辽阔的大地撑不起它的愿望，而是它自己撑不起自己。一百三十米就是极限，哪怕再长几厘米，都会自己压垮自己，轰然倒塌。

树如此，人，何尝不是这样呢？呕心沥血殚精竭虑式的追求，给妈妈的感觉是杀鸡取卵啊，我的孩子！

孩子，今天是你成为高中生的第三周。5点50分喊你起床时，妈妈在门口徘徊，在床边静立，就是不舍得开口叫醒你，一天睡不到6个钟头，我的孩子。妈妈无法想象你在课堂上的精神状态，妈妈也不忍想，只是无尽的心疼。

孩子，你真的让我心疼啊，除了心疼，只有无奈了。

想想，别的孩子都是这样拼了命般猛学苦学，夜以继日悬梁刺股。似乎咱稍稍懈怠点，就会有千军万马超越过去。妈妈心疼你的现在，想让现在的你快乐；妈妈同样关注你的未来，想让未来的你幸福。

妈妈知道，求学不是唯一的人生路，上好大学也不是幸福的全部保障。可是我的孩子，教育制度如此，大环境如此，妈妈纵然有一千种想法一万个念头，也绝对不敢超凡脱俗，用你的人生做试验！

孩子，如果妈妈现在能回到二十多年前，多好。那时的我，也是个高中生，我们就可以一起上高中了。世界上最最伤心的词儿就是“如果”：“如果”愈美丽，“现状”就愈心碎，也就显得愈荒唐。就像此刻的妈妈，面对你的现状，因为心疼因为无奈，便荒唐地瞎想，就显得很是滑稽。

孩子，新的三年已经开始了，妈妈只希望你能跟“残忍的高中”和谐相处，不管是用希望还是汗水，铺就属于自己的没有遗憾的成长之路。

## 愿你一直向阳成长

——写给爱子笃行二十岁生日

笃行，今天是你二十岁的生日。二十年前的今天，没有经得你的同意，我将你带到这个并不完美的世界，所以至今，我们还在向着美好进发。

我不煽情，可还是要说，快五十岁了，我后悔很多选择，悔得肠子发青，却绝不后悔最大的伤害，失败的婚姻。

——得以遇见你，我挚爱的孩子！

每每提及那段不堪的日子，看着你，我就深感宽慰。尽管你一直反驳我的想法，说了种种你所谓的美好的可能，似乎除了你，我还可能有很多没有你身上的缺点的完美孩子。我一直不接受你的这种说法，我不要那可能有百分之多少像你的孩子，哪怕他（她）完美得无懈可击，我只要你，包括你身上烦人的毛病或缺点！

此刻，你将跨进二十岁的门槛，而我，想到了二十岁时的自己：

满心憧憬，满腔热情，满眼热望，很多东西似乎只要伸手，就可以立马抓到自己面前。是的，以为只要有想法就可以实现，以为只要谈理想理想就会成真——丰富而华美的思想总比行动快得多。为了让思想不因孤单而伤心，因此一路匆匆前行。错过，收获；遗憾，欢喜。此起彼伏，倒也热热闹闹。

笃行，这就是二十岁，美如花开，甜似香飘，甜美得可以纵情欢歌，肆意行走，以为随手就可以给梦想插上翅膀一起翱翔。事实却是——

想来像张嘴喝水般简单的事，因为自己敷衍而搞砸；想来不努力都会唾手可得的事，因为有心人的介入而与自己无缘；想来不会有太大困难的事，因为自己的懈怠而失之毫厘谬以千里……任由挫败堆积如山，却从不细思自己的付出与努力，只怨天尤人。

笃行，我的孩子，二十岁，容易一刹那豪气冲天，也容易一瞬间自暴自弃。你得学着自控，学着引导自己去寻找那个更为美好的自己。我一直坚信，每个人，冥冥中都有个最最美好的自己在前面望眼欲穿地等着与我们合二为一，就是看我们是不是竭尽全力奔向他。

二十岁，梦想可以缤纷，脚下更要坚定；二十岁，爱好很美很多，真爱更要坚如磐石；二十岁，可以享受美好，更要铿锵前行。二十岁是如诗如画的年龄，二十岁等着你吟诵出最美的诗，描绘出最美的画。

笃行，你的二十岁与我的二十岁相差二十八年。时过境迁，很多变化，不论好坏，都不是你我所能左右的。可是妈妈想，一切美好的品质，比如执着、坚韧、奋斗、乐观、正直……永远不会过时。我一直没有丢弃，愿你也一直拥有。

你是我的孩子，我却无法永远荫庇于你。你已经高出我很多很多，高得让我欣慰，高得足以让我依靠，哪里需要我的保护？而你，恰恰又是个很有思想的孩子，我能做的，就是远远地看着你，偶尔提示你注意一下脚下，适时纠正一下可能偏离的方向。这还需要你一直保护好善听的耳朵。

笃行，你有爱好，更有梦想，我渴望看到你二十岁飞奔的身影！

笃行啊，我的孩子，最美的芳华最容易着色，流下的汗水也会溢彩流光；最美的芳华最容易美梦成真，付出努力定然不会被辜负；最美的芳华最容易烙在记忆深处，你走过的路将见证你的优秀。成长路上自然少不了风雨，愿你能学会自我疗伤，继续风雨兼程；成长路上兴许也会侥幸获益，愿你能在意外成功后静思而更为慎重。

尽管我总在告诉你，你的高度就是你周围朋友的高度。拔高自己，成为优秀，才会吸引更多的优秀者。然而人生路上，你还是会无法避免地遇到形形色色的人，愿你能以慧心慧眼识别并远离“垃圾人”，愿你能够遗忘对别人做过的好，放下对伤害你的人的恨，轻松前行。

孩子，今天是你二十岁的生日，我将所有祝福化作一句话：

愿你一直向阳成长，快乐生活！

# 因为你，我不再是我

我曾是个很乖很乖的女儿，乖得让人心疼：原本因为反应慢被同学老师都不看好的我，凌晨一点还点着蜡烛熬夜，不到五点又起床奋战，不能理解的题厚着脸皮问尽同学，还是想不明白就缠着老师让他反反复复地讲，终于在二十七年前如千军万马过独木桥的高考中跌跌撞撞地推开了大学的校门。

只为，看到母亲脸上欣慰的笑！

我曾是个很疼爱自己的人，努力让自己活得精彩，以至于大学对我而言就是涅槃：除了上课，我所有的时间都耗在阅览室与图书馆；仅仅读书笔记，大学毕业时就是用箱子计算的。大学期间，让越来越多的文章飘上了不同的报纸杂志。文字逐渐老到与练达，思想趋于成熟与深邃，写作丰盈并壮大了我自己。

只为，让长得不漂亮的自己活得漂亮！

你的到来，这一切，都不复存在：我不再是以前的我，与最亲最爱的母亲间有了频频战事，也不再疼爱自己。

你是我剖腹而生，产后又大出血，我的身体极度虚弱。我的母亲不让我抱你，怕累着我；不让你跟我一起住，怕吵着我；甚至霸道到喂奶粉给你吃，说我干瘦干瘦的，你咂的不是奶而是我的血。这只是她的一厢情愿，在我这里全部碰壁，并引起了我们之间的战争。

我说你多嫌我儿子，母亲说你儿子累了我女儿；我说我娃不要你管，母亲说我才懒得管你娃我只想管好我娃；我说我不想叫我娃受半点委屈，母亲说你娃是娃我娃也是娃……一向听话的我似乎处处找母亲的茬，总觉得我的母亲不够疼你不够爱你。

那时的你特能哭，一哭起来就紧闭眼睛，摆出不哭破嗓子决不罢休的架势：摇摆着小脑袋不吃不喝地哭，放在床上哭抱在怀里也哭，摇着晃着想分散你的注意力也无济于事，只是没缘由地大哭。

母亲怕吵着我休息，想要抱你出去，我又不让你脱离我的视线。母亲只好迁就自己任性的女儿，在房子里抱着你摇着晃着，走来走去，你依旧挥舞着小手哭着闹着。母亲就有些生气了："生了一个你，把你妈都累成那样了，你还不省点事，就知道哭、哭，真是个混账东西！"

我不乐意了，就冲母亲发火："我娃好歹都管你叫'外婆'，你就说我娃是'混账东西'？我不嫌我娃哭，我娃我抱，不稀罕你抱……"话没说完，我的泪水就流下来了。

"我是怕把你吵得休息不好，有一点声音你都睡不踏实，你要多休息，妈哪敢嫌你娃？你娃金贵得很！"母亲连忙解释着哄着我，"你娃是我先人，想哭就哭，就当练嗓子，还不行啊？"

于是我破涕为笑了，母亲也是一脸附和的笑。

你性急，我紧跟着你屁股后面伺候还常常不到位。说真的，作为一名教育工作者，面对自己的孩子，就失去了理智。随时准备半杯凉开水，你任何时候渴了，只需掺点手边的热水，端起就能喝；你的玩具已经堆了几大堆，一见你有想买的意思，就慷慨解囊；你喜欢在哪滚在哪爬都可以，只要你舒服，大不了我辛苦点一天多换洗两身衣服……

“惯子如杀子，”母亲实在看不下去了，就开口了，“把你能累死，把娃也害了。你伺候得那么周到，我看你娃到人家屋里都不会喝水了……”

我就不乐意了，就跟她吵起来，说我儿子我不疼不爱还指望谁疼谁爱……

战争的结局只有一种——

我一把鼻涕一把泪地痛诉着母亲不疼爱你的“斑斑劣迹”，而母亲只是小心地赔着笑，不停地向我道歉，说“我错了还不行”，说“你不敢生气不敢哭，对身体不好”……

你的到来，我原形毕露——不再是听话的好闺女。因为你的到来，我甚至不再疼爱自己。

我从一直觉得很崇高的纯文学写作转向了育儿及家庭教育。我用笔记录着你的一举一动、一言一语，发表了数百篇关于你的成长文章，有些杂志干脆将我定义为“家庭教育指导师”。天哪——以前，我提笔追求的可是深度，哪会如花痴般围着一个小屁孩写得有滋有味满脸春光。

因为你，我不再理智做事，像一只十分警觉且极具挑战性的母鸡——我决不允许别人伤害你！

一向极有涵养的我第一次跟别人理论到面红耳赤以至像吵架，也是因为你。书店原本是文明的地方，可那个家伙竟然那么粗鲁地对待正在看书的你，我无法容忍，直到他低头给年幼的你道歉。

孩子，作为母亲，我总觉得怎么爱你怎么疼你都远远不够。为此我的母亲曾满脸忧愁地说我“慈母多败子”，为此我的闺蜜说我“你就只记得自己是笃行妈”。

因为你，我不再是我，我只希望，你能健康而快乐地成长。

## 为了你，我很少说实话

一盘辣子鸡拌面摆放在餐桌上。

“你吃不？”你拿起筷子问了我一句。我忙说吃过了吃过了，就是专门给你要的，你自己好好吃。你操起筷子，开始时吃得很香，妈妈看着也很开心。可还剩半盘子时，你却拍着肚子说：“吃饱了，真的吃饱了。”于是我将盘子拉了过来，拿起了筷子。“你不是都吃了吗，咋还吃？”你奇怪地问。我解释说浪费了多可惜，我吃了就不浪费了。你一本正经地说：“宁叫东西难过不叫肚子难过，不要撑着吃。”说着你就要拉开盘子。当我说自己其实没有吃，怕你吃不完剩下可惜了，想等你吃不完时再吃时，你显得很生气，提高了声音，喊道：“你就没有半句实话。”

我没有生气，孩子，因为你说的是事实：为了你，我几乎很少说实话。

其实我也知道说谎很累很累，为了让一个谎言继续下去，必须借助很多谎言才能自圆其说。可是我的孩子，有时，我别无选择，只能说谎。

记得你刚上幼儿园，阿姨说你上课话多，影响纪律。她说话时的表情是让妈妈很不舒服的烦躁与厌倦。可是回到家，我只给你说，阿姨说你很活泼，可是上课得认真听讲，少说与上课无关的话就更好了。妈妈没说阿姨批评你，因为我觉得，那一刻的孩子，根本就不是我的孩子！事实证明，你的确很快远离了那种情形：你真的越来越注意听讲了，直到找到那个“优秀的你”！

孩子，你看，这就是妈妈对你最早的撒谎。

带你吃过多少次肯德基，我已经记不清了。你说香辣鸡腿堡好吃、深海鳕鱼堡也不错，你说更喜欢新奥尔良烤鸡腿堡，吮指原味鸡更好吃些……

你享受般说这些时，我只是陪着你笑。你便觉得很失落，说：“跟你说你都不懂，你咋就不爱吃这些呢？”

其实我的孩子，我不是不爱吃，只是觉得太贵，你吃着开心就行了。每次陪你去，我都说自己不想吃或不爱吃。

这，算不算谎言？

为了你，我的孩子，连我也记不清自己撒过多少次谎，平静而淡定，好像一切都是真的。

如果哪天，你从外面回来，明明很辛苦，却怕妈妈担心而装作很快乐的样子，那就意味着你已经开始长大，开始分担，开始疼爱妈妈了。

# 第七辑　那些不曾被辜负的“年”

# 目　光

金马购物中心。

“妈，那衣服好看，我想要。”一个七八岁的小丫头看上了一件有蕾丝花边的雪白的连衣裙。

小丫头粉嘟嘟的脸蛋，长长的睫毛，穿上一定像个小公主。我暗自想，这小丫头，目光真不赖。

“不行！”年轻的妈妈断然拒绝，语气里是没得商量的坚定。“白色，不耐脏，妈妈得不停地洗，太费事。”

说罢她拉起女儿就往前走，那个小丫头一直是扭着身子后退着被妈妈拉着走，她的眼睛死死地盯着那件裙子。

女儿和妈妈的目光，一个看到的是穿上后的美丽，一个想到的是不耐脏。不由得让我想起了童年的一件事，也是关于目光的：

六岁那年，母亲带我去镇上看戏，我到现在还清清楚楚地记得看的是《窦娥冤》。

三十多年前，镇上还没有戏院，就是找块大点的空地搭起戏台。看戏的人在戏台前层层围着，即使带着板凳，也没人坐着——都害怕被前面的人遮住。矮板凳高板凳，小板凳大板凳，上面都是伸长脖子站立着的人。砖垛上、树杈上、墙上，到处都是看戏的人。更多的人像我们一样，专门从乡下赶来，自然不会扛着板凳赶几里到十几里的路。有利的位置让近处的人占完了，我们就在拥挤的人群后面站立着。

母亲和婶子们发现了块高地，也不管是土堆还是粪堆，就憋足劲儿往上挤。母亲拽着我，就那么拥着挤着。终于，我们彻底挤了上去，也站稳了脚跟。

母亲先是抱着我看。呵！红红绿绿的戏装还真是好看。对于只有六岁的我来说，除了看戏装的颜色，还有什么会吸引我呢？一会儿，母亲抱累了，将我放了下来。母亲将我放下来之后就再也没有将我抱起，只是自己踮起脚跟，看得有滋有味。周围也不断地有“好——”“好——”拍手称快的声音传来。

我呢，夹在人群中，不，确切地说，是夹在那么多的大腿之间。我也使劲地踮着脚跟，仰着脸，看到的只是大人们的屁股，再往上，就是宽阔挺直的脊背，再往上，就是窄窄的一线天了。

我拉着母亲的衣角，嘟哝着，我要回家，我不想看了。我连续说了三次，母亲才听见。她拍了拍我的小脑袋说，乖，听话，好好看，多好看的戏。

好看吗？那些让我窒息的大腿们屁股们脊背们好看吗？我不停地扯着母亲的衣角，喊着“我不想看了，咱们回家”，母亲只是说着“乖，好好看”，并没有想到再次将抱我起。

那时的我是有点难缠，有着不达目的不罢休的执着，于是就不停地拽着母亲的衣角闹着要回家。终于，“啪——”的一下，母亲重重地打在我的脸上，大声训斥道：“看你这娃，这么好的戏，不好好看就知道捣蛋！”而后不再搭理我，继续看戏。

记得后来还下起了小雨，人群也没有太大的松动，母亲也坚持看到结束。回家的路上，母亲和婶子们依旧兴致极高地说着窦娥的誓言：血不溅地，六月飞雪和大旱三年……还不忘数落我不好好看戏。

母亲看的是演员们的出色表演和悲愤感人的剧情，我看到的只是大人们的大腿屁股还有脊背，满眼都是。被母亲指责时的我，真的比窦娥还要冤屈！

如今的我，一遇到想不明白的事或是不能理解的人，就会想起儿时陪母亲看戏的事儿。一想起这件事，就会很清醒地认识到，站的高低、看的角度不一样，看到的结果就不一样。也就时时告诉自己，得学会站在别人的角度来看问题。

# 一双雨鞋

四十年前的关中农村，只有纯正的坑坑洼洼的土路。一下雨就一脚一个坑，鞋上沾满泥巴，越穿越重，恨不得扔掉光脚走。学校在村子东南角的龙王庙里，我家在村子的西北角，村子又松松垮垮分为南村北村，中间还有一大片耕地，跨度之大让年幼的我绝望。每逢下雨，走不了多远，布鞋就成了沉重的泥疙瘩，抬腿走步路，都很费事。裤腿上自然也全是溅起的泥巴。

并不是所有的孩子都穿着布鞋，有少数穿黄胶鞋的。个别孩子还穿着洋气的雨鞋，那得意劲，恨不得将穿着雨鞋的双脚扛在肩膀上摇晃着满学校炫耀。刚上一年级的我和上五年级的姐姐，都只有布鞋。

一天，母亲从镇上回来，取出了双雨鞋，小草一样嫩嫩的绿，看得我瞪大眼睛。“你姐穿不上就是我娃的了。”母亲拍了拍我的头，就将雨鞋递给了欢喜得就像脸上开了朵花的姐姐。

干吗只买一双？我俩都上学了，为啥是她穿不上了才给我，不是我穿不上了给姐姐？我俩在一个学校，她上学走的路又不比我多？我脑子里有很多很多的不理解在闹腾着，像一锅沸腾的水。立马就抢过来，飞快地踢开自己脚上的鞋，穿上雨鞋，从前院跑到后院，又从后院跑到前院，以至睡觉时都舍不得脱掉，还被母亲狠狠地训斥了一顿——死人才穿着鞋睡着。

我跟母亲讨价还价，提议姐姐穿一次我穿一次。母亲拍了一下我的头，说，穿在你脚上像船，等你脚长大了再穿。你姐天天晚上提着煤油灯上晚自习，下雨了就没办法。

记得第二天，一进教室我就大声给同桌说，我家也有雨鞋了！哈哈，就这么一句话，羡慕得同桌能满地找眼珠子。同桌说，赶紧下雨，赶紧下雨，你就能穿雨鞋了。我又声音很小地补充了一句，姐姐现在穿，我的脚长大了才能穿。我们俩一下子都趴在桌子上，像霜打的茄子。是的，刚才有多兴奋，现在就有多沮丧。

那雨鞋是穿在姐姐的脚上，却一直牵挂在我的心里。一下雨我就叮嘱姐姐：那也是我的雨鞋，你不要弄破了穿烂了。

下雨天最奇怪了，每每走到我家的巷子口，我就莫名其妙地委屈地哭起来，一直哭到家里。一进房门，就将脚上湿漉漉沉甸甸的泥鞋蹬开，宁愿光着脚在房子里走。或许大人们都知道，我那是生气，生气只有姐姐能穿雨鞋，生气自己没有雨鞋穿。

姐姐一进门，我的第一句话就是：到家了还不脱鞋？是不是想穿烂？赶紧脱！

姐姐不好意思地一笑，就脱了。

有一次，已经雨过天晴，我却将雨鞋穿到了自己脚上。母亲看着我的目光很惊讶，我解释说，“地上的泥还没干”。小脚固执地趿拉着大雨鞋，很别扭地去上学。可是到了学校，同学们的目光里不是羡慕而是怪异。太阳很红，地面很快干了，我穿着雨鞋热得难受，鞋底黏糊糊的，粘着脚，那时也没袜子穿，大冬天都不穿。

有时适逢放假下雨，我是无论如何都不会让姐姐穿雨鞋的。自己拖着很大的雨鞋披着塑料，在院子里走来走去，只是遗憾不能去学校。不小心滑倒了，雨鞋甩出去老远，雨水也进了雨鞋里，我拎着雨鞋耷拉着脑袋进了房子，并不曾挨骂……

还有一次，我实在忍不住了，就跟姐姐闹，闹的结果是下午我穿雨鞋上学。姐姐也同意了。我一步一个脚印，很艰难也很努力地将大雨鞋趿拉到了学校，结果引来同学们的嘲笑，他们说我是踩着两只小船来学校的。

后来呀，不等我的脚长大到穿那双鞋，家庭状况已经好转了，母亲也给我买了双更好看的雨鞋。只是，那双不属于我却让我惦记了两三年的雨鞋，倒是唯一留下深刻印象的雨鞋。

## 那些不曾被辜负的“年”

也不知是从什么时候开始，缺少了仪式感的“年”开始被轻慢，被辜负……没了过年的喜庆与快乐，多了“度日如年”的负重与不堪。

——题记

儿时的记忆里，离过年还有好几天，家家户户的院子里就扬起了欢快的尘土：

前院，每间房子、每个角落都要仔仔细细地清扫。大人们登上梯子，屋顶的棚子也不会放过，都要轻轻拂去积尘；小孩们手拿抹布，每个窗台、每根窗棂也会细细擦拭；老人们手拿剪刀一旋一转，大红的喜庆的飞禽走兽就跃上了窗纸。

后院，也变得重要了。往日里凌乱的柴火堆，会被欢喜的手码得整整齐齐；低矮的杂物间，也被打理得整洁而有序；平日里闲散惯了的羊们，行动也受到了约束，被赶进了圈里。

清扫完卫生，心里膨胀着满满的成就感，学着大人，背起手，阔步走在院子里，有种检阅的感觉。或许就是那会儿，年味儿趁机溜进了每个庭院，开始悄悄地发酵，膨胀，只等某个时刻灿如烟花般炸开。

那几天，再小的孩子眼里都有干不完的活，不用催也不用喊，脚下跑得生欢。好像他们越勤快，年就来得越快。

我一直有种很奇怪的感觉：院子先过年，然后才轮到我们过年。

一两天后，忙活的就是女人了。

女人们得准备过年的吃食。贫穷中却要过出欢喜的年，她们的智慧就发挥到了极致。只有一种红薯，却可以变幻出多种花样：单独吃的甜甜的红薯丸子，衬菜碗的油炸红薯块，果盘里的红薯条、烤红薯片……油锅支起来了，不用皱鼻子都闻到了年的香甜味儿。小馋猫们围着锅台，不怕油溅，不怕熬眼，单单等着尝个鲜。

我很喜欢陪着哥哥去沟里砍柏树枝。那沟在七八里外，我们会带上吃的喝的，用一天的时间一路拖回来几枝柏树枝。借口砍柏树枝，尽情尽兴地疯玩一天，回来后个个都成了土猴子。听奶奶说，有种叫“年”的怪物，大年初一点燃柏树枝，就能把它熏得不敢来捣乱了。柏树枝的清香味我倒蛮喜欢的。

我的母亲总是在除夕的后半夜煮肉。肉很少，二三斤吧，没必要动厨房里的大铁锅，就在通着炕的火炉上煮。

我趴在炕沿上，眼睛死死地盯着火炉上的那口锅。热气出来了，水翻滚起来了，“咕咚咕咚”的声音比任何话语都有魅力。我就瞅着那口锅，似乎一眼没盯住它就会飞走似的。

肉香味儿跟着飘出来了，直往嘴里钻。可我还是贪婪地皱着鼻子使劲地吸。想想吧，美美地吸一口气，而后张开嘴巴，很陶醉地“啊——”，反反复复，宛如大口大口吃肉般香甜。一个晚上都在煮肉，明明已经熟了，母亲就是不揭锅盖，说着“肉烂自香”之类的话语。肉呢，离我近在咫尺又似远在天涯。

我擦着口水很无望地钻进了母亲早已铺好的热乎的被子里，枕边就是叠得整整齐齐的新衣服。摸着新衣服，闻着肉香，我就不停地问母亲，肉啥时熟？天啥时亮？母亲就笑着说，肉会熟的，天会亮的，得有耐心等呀。

已经钻进被窝里了，手摩挲着新衣服，却怎么也睡不着。越躺反倒越激动，越激动越想说话，越说话越清醒。母亲看着我们躺着又睡不着，就开始叮咛：

人家放炮时离远点，不要让火星子溅到衣服上；要爱惜衣服，不要到处乱坐，衣服得穿过正月十五；到别人家不要贪嘴，干活实诚，吃东西不能太实诚……

母亲的叮咛一句赶不得一句，而我心里装满了大大的欢喜，哪容得下那些琐琐碎碎的叮咛？

我总觉得大年初一的天绝不是自己亮起来的，是被孩子们欢喜的鞭炮吵醒的，是被熊熊燃烧的柏树枝照亮的。或者是几天前溜进来的年味儿，终于藏不住满心欢喜了，把持不住自己了，“轰”地一下把自己炸裂了，照亮了天。

一起床，先是到处跑着捡拾没响的散落的炮儿，母亲的叮咛早被密集的鞭炮声震得七零八落，衣服上尽是日后让母亲恼火的窟窿眼儿。也才不去理会冷不冷，呼朋唤友凑了一堆，东家西家挨家挨户进，主人见了孩子就塞点东西。一圈转下来，棋子豆、花生、红薯条、玉米花儿……兜里鼓鼓的。而后欢呼雀跃，去麦场斗鸡的，跑到镇上看热闹的，在墙角挤堆取暖的。到了晚上，灰头土脸却尽是欢喜，大人们的叮咛早已忘得一干二净。

这种欢快会持续到正月十五，真的是集中了一年的快乐！

多年后的今天，在每一个冷冷静静的年里，忆起儿时的过年，我就被浓浓的年味儿幸幸福福地淹没了。

好在，我还有回忆来温暖。

# 我跟衣服的较量史

准备过年了，再多的新衣服堆在那里，还是想给孩子买最最新的。突然就想起了自己的儿时，简直就是一部与衣服的较量史。

母亲总是很忙，忙得都没时间抬头细细地瞅我一眼，我就老穿着衣袖短裤腿短的衣服，显得特小气，穿得也特小心：会不会在我蹲下去时裤裆突然撕开了？会不会在我抬起胳膊时袖子扯了？

走到人跟前，下意识的动作就是不断地拽袖子，不停地弯腰往下扯裤腿。其实拽呀扯呀也起不了啥作用，它们依旧固执地短着，只会越来越短。衣袖都短了，下摆自然长不了；裤腿似乎也不甘落后地使劲缩水，裤腰就不好意思地缩进去了。衣服们好像短起来，也都是赶着趟种种短。

实在看不过眼了，母亲就找块布，续一圈。短了，再续一圈。想想，一圈又一圈，续的布从颜色到花型都不一样，像戏装般，不同颜色不同质地，一圈一圈地续。这种独特的应对贫穷的穿衣方法，在那个年代，你还真说不上是混搭得难看，还是难看的混搭，抑或是华丽丽的凑合。

让我更恼火的是，我上面全是哥哥。倘若打起架来自然没人欺负，有哥哥们罩着。关键是我一直很文静，我不找事，事儿也不找我。这样一来，剩下的就都是哥哥们带来的伤害了。

那时流行一句话，“新三年，旧三年，缝缝补补再三年”。老大的衣服小了退给老二穿，老二穿不上了给老三，一件衣服穿兄弟姐妹几个。可怜的我，就只能穿哥哥们的衣服了，要么黄的，要么蓝的，印象里再没有别的颜色。当然了，除了衣服本身的黄或蓝，新续的都是花布，那会儿母亲脑子蛮清晰的，知道穿衣服的是她的姑娘。

我，一个女孩，不是黄就是蓝，竟然没有一件花衣服，这种倒霉的日子实在不是我所能改变的，谁让我上面都是哥哥？记忆里除了过年，几乎没穿过新衣服。

每每看着哥哥们身上的衣裳，我的目光像把刀子，恨不得在他们身上划来划去划得稀巴烂，那样我就不用穿他们的旧衣服了。可母亲买布，只看哪种耐磨哪种耐穿，才不管是否美观。轮到我，衣服还是好好的，穿不烂，真是气人。

每每哥哥们的衣服退下来给我后，我就可着劲穿，只盼很快穿破穿烂。想想母亲买布只买结实的，要穿破穿烂真不是件容易的事。曾经我邪恶到啥程度？将衣服袖子在砖地上磨来磨去，坐在斜坡上从沟沿儿就溜到了沟底，只是为了快快穿破哥哥们的衣服。

更糟糕的情况出现了，我好不容易弄破了，母亲马上就会缝补好，缝补后的会更难看。三番两次下来，我再也不要小心眼了，只好乖乖地硬着头皮好好穿了。

过年时，我才会得到自己的花衣服。只是正月十五一过，母亲就让我换下新衣服，说出门走亲戚再穿。哼，她就是想着明年过年还能穿，省得再做新的。结果常常让她失望，我的个子蹿得快，衣服第二年就小了，而过年，再贫穷的家，也不会让孩子穿续了布的旧衣服。母亲常常瞅着我心有不甘地训斥：长得那么高除了费布还能咋？我就故意摇头晃脑气她，“不咋，就是想穿新衣服”。

多年后，我要去外地上学了，终于可以做主给自己买几件新衣服了。转了几圈，结果买了件制服样的深蓝色，夹克款的军绿色，两件都是中性偏男。

看来跟衣服的较量，我最终还是失败者——它已经模糊了我基本的审美。

# 父亲的心结

亲戚邻里都说父亲心里有个结，我倒觉得父亲心里很敞亮。父亲说，就是八个女儿，也没多余的，掉在我炕底下的，都是宝贝。我们姐妹仨，一直都是父亲心里的宝贝疙瘩，才不看别人的眉高眼低，没心没肺快快乐乐。

每年犁耕耙耱这些重活来了，母亲就憋不住了，叹息就一声接一声，丝毫不避开我们："还是男娃好""有男娃使哪用你出力使劲"……父亲就笑了，说，你呀，就是个"近视眼"。等咱年龄大了，女娃们都嫁了，不就有了三个儿子？咱自己先干着，年龄大了，就有人争着替咱干了。

父亲一直屏蔽着别人的流言蜚语，顾自乐观着，他才不管"女儿只是一门亲，儿子才是顶门杠子"的说法，咬着牙，弯着腰，铆足劲儿地供我们仨读书。只是爷爷不叫人省心，一直不罢不休地劝父亲把叔叔的儿子过继来，说什么"要自家的骨肉总比不沾亲不带故的好"。一直很孝顺的父亲终于忍不住了，第一次顶撞了爷爷：我有三个亲亲的娃，干吗非得要人家的娃？谁的娃我都不稀罕！

得，一句话，连自己的亲弟弟也得罪了。

有一年，一个直性子的亲戚在酒席上对父亲说：女娃，迟早要卖的（我们这里的方言“嫁女”就是“卖女”），费那么大的神上学干啥，不如留钱给自己养老。父亲的回话才有趣：就是女娃迟早得卖，才得养好打扮好，能卖个好价钱呀。一席人都笑了。

我们姐妹仨，清一色大学毕业，在我们杨家巷是第一家。小妹出嫁时，妹夫父母给我的父母表态：如果生第二个孩子，一定姓杨。母亲乐了，说有盼头了。小妹在几天前真生了个老二，大胖小子，老大是闺女，多喜人的事。

亲家说，事先说好的，姓杨，名字我们都取好了。父亲连连摆手说，姓曹，还是姓曹。倒是母亲想不通，背地里问父亲，事先说好了，你咋变卦了？父亲只说，姓啥都一样，都是咱闺女的亲儿子。

结果就是，亲家大气得坚持让姓杨，父亲坚持让姓曹，敢情都是谦谦君子啊。

我是年龄大了无法生二胎，可还是想让小外甥姓杨，就去找父亲问。父亲沉默了好久，说起了楼下李叔家：结婚前两家说好了，生的第二个孩子跟你李叔姓，也照办了。结果呢，姓李的娃，奶奶不亲爷爷不爱，连姑姑们都爱理不理，闺女气得，回娘家就是数落婆婆一家。临了，父亲说，我不想叫你妹子为难，也不愿意叫我孙子不值钱，大家都和和睦睦的，好好爱娃就行。

父亲心里怎能没结？那结呀，就结在女儿们身上。

# 童年记忆

一直无法说清楚自己是幸运还是倒霉，我的童年有道明显的裂痕，或者说童年的我有着截然不同的两张面孔：忧伤与快乐，灰暗与美好，分明而对立，如泾水与渭河。

## （一）

在我家，我就是个小人精。小孩子的眼睛，最准最毒，小孩子的心思，最细最密。小小的我，就被束缚在自己的目光及心思织就的幽暗的网里。

三叔三婶属于大家眼里的疯癫之人，没有人将他们当成可以交流的对象，只是可以训斥的活物。大人们说话时，倘使三叔或三婶凑在一旁，没有人会给他们让座，哪怕有一排空板凳。目光偶尔落在三叔三婶身上，脸上也是膨胀着赤裸裸的厌烦。时间再久点，就觉得碍眼得受不了了，一定会有人冲着三叔三婶一摆头说，出去出去，待在这里绊得人眼睫毛疼。小小的我就是不能理解，他们没动啊，咋会“绊得人眼睫毛疼”？眼睫毛还能感觉到疼？真是怪事。连四叔五叔爷爷奶奶也会那样训斥，其他人更不用说。三叔三婶的儿子建峰，也是心智有问题的，同他的父母一样到处不被人待见。

三叔是父亲的亲弟弟，我的亲叔叔，别人训斥时，我心里就隐隐难受，好像被谁扇了耳光。不等三叔或三婶离开，我就耷拉着脑袋走了。有时我也恨他们，咋不看人的脸色，老往人堆里凑。小小的我，见了三叔一家，绝对亲近不起来，却不是讨厌，只是觉得可怜。

“爷爷奶奶都讨厌三叔家。”夏夜，很突然地，年幼的我竟然与母亲扯到这个话题。她静默了一会儿，说人就那样。“奶奶看邻家的胖墩，后院的鸡，都比看三叔好看。”

或许母亲吃惊于小小的我竟有如此细腻的心思，她看着我，神情不知是惶恐还是欣慰，而后摸着我的头说，小孩子家，不要多想。临了又说，你不那样就行。

“我……”我顿了一下，坦白又无奈地说，“我也不喜欢三叔。”

母亲叹了口气，又道，人就那样，不管不帮，还看不起。

那语气，怕是对我很失望很失望才会有的吧。

“人就那样”，每每想起母亲这句话，就觉得无比沉重：“那样”究竟是哪样啊？我怕自己也成了让母亲生厌的“那样”的人，就愈加小心。

不知啥原因，一提及我成长的小村，记忆多是灰色的、郁闷的。

巷子东头的疯婆婆，缺牙漏气的嘴巴整天絮絮叨叨，没人听她说什么，除了无聊的孩子逗她取乐。南巷里有个脑子不灵光的瓜女子，不言不语地到处瞎跑，被村里无赖明目张胆地戏耍。包括我那人见人烦的可怜的三叔一家，走到哪里都像瘟神，人人躲避。小小的我几乎跟三叔的儿子没有说过话，似乎傻气能传染，一说话我也就成了那样的人。母亲将哥哥小了的衣服送给三叔的儿子穿时，我心里会莫名地难受，甚至为哥哥曾穿过那件衣服而伤心。

童年的我，也算木讷的孩子，不言不语，想法都在心里密密麻麻地滋生，蓬蓬勃勃生长，而后起起落落地泛滥着。

一次，我独自从十几里外的小姑家跑了回来，出现在母亲面前时，她吓了一跳——前天才哭着闹着要去亲戚家，咋就跑回来了？她再问，我只是说待够了，想回来了。其实是小姑家的那个奶奶在门口跟别人扯家常，说了句“家里爱来人，馍馍吃得快，泼烦得很”，刚好我就在旁边玩。转身，不吭一声，收拾了自己的东西，就往回走了。

被人家嫌了，还能没皮没脸地待着？小小的我，那时七八岁吧，已经知道看人眉高眼低了。

母亲后来隐隐约约感觉到什么了，追问我是不是谁说什么话惹我不高兴了，我沉着的脸肯定了她的猜想。母亲说，小孩子家家的，没皮没脸才好，心思太多，长不高。亲人的舌头有毒，母亲的话导致我四十多年后还是一米五，再也长不高了。

似乎很小，我就知道避免因为自己的存在让人不舒服。小心地察言观色，以至母亲感慨道，这娃，在咱自己家里还把自己当成客人？

今天的我，不会瞧不起智障者，可真的难以有饱满的悲悯情怀去实实在在地拥抱他们，甚至都不忍直面。这是不是源于小时候长期关注三叔一家留下的阴影？或者看着那些可怜的需要帮助的村人反倒被戏弄而留下的伤痕？

今天的我，依旧很在乎别人的目光，在别人的目光里悄悄地调整着自己的心理，哪怕已经强大到可以忽略别人的目光。这是不是源于童年的我过于小心过于敏感？还是眼毒心细怕伤人更怕伤己？

如果说童年跟万事万物一样都有两面，在我家的日子，就是我童年的背阴面，阴冷，潮湿，让人不快。

## （二）

我童年所有的美好似乎都浓缩在外婆家。

屋檐上挂着风铃，有风的日子，清脆的叮叮当当如欢快的歌声。那是一些破碎了的长条形玻璃片，被外婆悬挂起来，彼此最大的摆幅只是末梢能稍稍挨着，清脆作响却不至于撞碎。

我很好奇，多次问外婆，你咋知道一块玻璃跟一块玻璃应该隔多远，能撞响，却不能撞碎。外婆笑着说，你外婆老成精喽，天上地下，没有不知道的。

真的？

我仰头看着外婆，好像是真的。没有外婆不知道的，她都知道我摔碎了一只碗，将碎片藏在案板下面的煤堆里。

外婆的智慧洒在家里的每一个角落，外婆的“碎玻璃风铃”，也被母亲引进到了二百里外的我们家。不久，我们村子里的很多人家的屋檐下都有了那种风铃，很多孩子贫穷的童年有了清脆的风铃声，谁会想到这是我外婆的智慧？

在外婆家的日子，她每次蒸馍，总会给我蒸个动物，像过年做花馍般郑重其事，还涂色呢。十二属相逐一蒸过，美美地欣赏后，吃得有滋有味。只是到了狗，我却不吃——那不就是我自己吗？我爱自己都不够，哪里会吃？好像外婆捏狗狗时，更用心，似乎你一拍，狗狗就会调皮地汪汪叫。

外婆还给我蒸过一只美丽的小鸟，我一直把它放在窗台上。睁眼就能看到它，睡觉前也会看一眼。它多次出现在我的梦里。吃它？简直就是暴殄天物啊。美，不是用来享用的，而是用来欣赏的。这是童年在外婆家的日子留给我的感觉，以至几十年后的今天，当看到紫藤萝开花，有人说可以捋下来当麦饭吃时，我就有种疼痛感。有些植物可以欣赏兼食用，但当被人采摘时，我就会觉得很不舒服。

童年给一个人的影响是，奠定了他成人的认知观。

对我的头发，外婆跟母亲的观点截然不同。母亲觉得蘑菇头简单省事，不用她操心。而外婆说，女娃娃就要留长头发才好看，连头发都不好看，多没意思。就是难看的蘑菇头到了外婆家，外婆也会给我扎上冲天辫。多年后我陪儿子看《天线宝宝》时，四十多年前的自己就浮现在眼前。

可怜的头发，不管在外婆家留得多长，多好看，一回家，母亲几剪刀下去，就回归难看。母亲的剪刀真厉害，将童年的美好干脆彻底地留在了外婆家。

外婆家的土墙是我见过的最美的墙，更像外婆的一块大画布。没事时，我的手指就在墙上划拉着，从蹲在地上到弯腰再到踮起脚尖高举着手，欢喜就在心里起起伏伏地荡漾开来。

一只白底蓝花的细瓷碗破了碗沿儿，不方便用了，外婆会在墙上抠出一块，将碗扣上去，再用泥巴将四周粘住；我捡到了一个好看的雪花膏瓶子，外婆就用同样的方法让它上了墙；我不小心打碎的那只绿草蓝天的碗，外婆从案板下面的煤炭堆中扒拉出碎片，竟然在墙上镶嵌成如花瓣绽开的图案；一个长得神奇得像飞龙般的干枯树枝，也被外婆向上倾斜着插进了墙缝间；有一块墙面，就是各种瓶盖，塑料的，玻璃的，铁皮的，真不知道外婆从哪里捡回来的……更不要说其他稀奇古怪的东西了。

外婆家的墙，简直就是一件艺术品。

我曾跟外婆一起，在墙上挖了窟窿，种了花种子，还真的发芽开花了。用母亲的话说，只有你外婆允许你成精作怪。可不，下雨了，我光着脚丫子在院子里戏水疯跑，外婆才不管呢，她只说你高兴就行。

在外婆家的我，才是个没有心思的幸福满满的小屁孩。

常常忆及在外婆家的日子，真是无法想象，倘若没有在外婆家的日子，我会长成怎样的一个人?

童年为我的后来打下了底色：自己家里不快的经历，让我永远都不会张狂；而外婆家里的温暖，则让我任何时候都有美好滋润，不至于绝望。

## 工地上的父亲

学校盖宿舍楼，民工里有个特别显眼的：身材矮小，灰白头发，走起路来一瘸一拐。人呢，看起来很实在，干活也很卖力，工友们都已经休息了，他还在做些零碎活。

一次偶然的机会，我和他攀谈起来。

他说，年纪大了，找个活不容易，不卖力、不长眼色谁要你？这个工队活儿多，开钱也利索，我都跟了好几年了……

我很耐心地听着，他的家境一定很糟糕——那么大岁数了，还得靠这种重体力活养家糊口。我帮不了他什么，只剩下耐心听他说话的份儿。他好像是好不容易找到了个听他说话的人，话匣子一打开就合不上了："我娘我老婆身体都不好，就像两个药罐罐，挣的钱给她俩抓药，给孙子买奶粉就没多少了。我这孙子，将来是享大福的，深圳娃！"

提起他的孙子、儿子，他整个人都"活"过来了，真的是眉飞色舞、一脸骄傲！原来呀，他得意的是儿子在深圳都买了六十多万元的一套住房，只是儿子、儿媳的事情还不是很顺当，有些忙，就把孩子先放在老家。

“甭看那家伙人小，谱摆得大，跟他爸差不多。我那小子，上大学时，要钱才写信，跟拍电报一样，就几个字。”

看似嘟囔，他脸上一直泛着笑。从他的话语中我也知道了，他女儿在西安工作，也是教师。

“娃们都比我强，不用撅着屁股朝土里要饭吃。”

既然家里那么需要钱，他年纪又大了，儿女出钱不也是应该的，他还需要出来干这么苦的活？我把想法一说出来，他就直摆手。

“不行不行，娃摊到咱这样的屋里，一点忙都给娃帮不上，还得叫娃到外面折腾，咋还能扯娃后腿？再说，我娘我老婆，那是我自家的事，我即使有心没力气，也得想着法子摆平弄妥帖，咋能拖累娃？”

他又说起往事：

“我老娘那年动手术，得两万多，我借得都没地方借了，就想到了娃。我把娃的电话号码拨了多少遍，就是摁不下那个键。我老婆哭着闹着要我打，我不打她就打。我只得给娃打通了电话，娃一搭腔，我就说不出话了，胡问了几句，就挂了。三亩挂果的苹果园包给人家五年，一次给清，才给了一万五，最后牛也卖了，才凑够。

“娃向咱要钱，话随便撂，都搁得住。咱给娃开口？搁得住好，搁不住就没脸了。搁住了，影响了娃们和媳妇女婿的感情，不是又给娃惹麻烦了？自己的事，自己苦点、多费点心就行了，只要自己身体好，健健康康还能挣几个钱，就是福分。”

到自习时间，我也该离开了。我记住了那位民工老大哥，儿子在深圳有六十多万元的住房，女儿在西安教学，已经快六十岁的他还在为了自己多病的老娘老婆而奔波。

这个民工老大哥，是他的父亲还是她的父亲，我不知道。看着他，我觉得他更像你我的父亲！

# 父亲的记忆

作为女儿，从小我就与冷面的父亲言语不多，开言动语也是非说不可时强迫自己以字词的形式快速进行。

父亲是个老实巴交又极木讷的农民，用母亲的话说，“踢八脚都踢不出个响屁来”，说时母亲总是一脸的轻蔑。五十多年前，作为地主女儿的母亲，只是冲着父亲那顶贫农的帽子才勉强嫁给了他。

后来，贫穷不再是光荣了。

每每看到人家的日子如芝麻开花般一节节地往上冒时，母亲就感慨万分、愤愤不平，嘴边永远是一句话“女人干半年，不如男人抡一拳”，而后就开始数落父亲的种种不如人处，抱怨自己“生不逢时”以致“一朵鲜花插在牛粪上”。

说实在的，许是受了母亲太多的影响吧，作为老小的我，在内心深处，对父亲便不及姐姐尊重——我一直不愿意承认自己在哪方面像父亲，也讨厌别人说我像父亲！

我很讨厌看到父亲赶牛的样子：坐在辕头，一脸神气，很响亮地甩着牛鞭，那牛鞭只在空中划个圈儿，从不会落在他疼爱的牛身上。我只是冷冷地看着他的背影，满脸不屑：不就是一头牛么，即使是全天下最好的牛，也仅仅是牛而已，又有什么骄傲的？

而父亲，却把这头牛当作他的命根子。土地承包到户都几年了，他才借到钱买了这头牛，比左邻右舍要晚得多。连牛鞭，在握手的地方，也让姐姐密密麻麻缠了各色丝线，其他地方还用砂纸打磨得很光滑。牛，就更没得说了：每次用过后，不管他有多累，总要把牛牵到池塘边，饮过后，便开始给牛洗身子，一刷一刷地梳理牛毛……以至别人都开我们的玩笑——全村的牛混在一起，你家的也能一眼认出，一尘不染一丝不乱呀。

可不是，父亲爱牛胜过他自己。那次，正在耕地，突然下起了雨。父亲一看沟边有个小洞，赶忙将牛赶了进去，自己淋在外面不说，还紧紧地护着牛屁股。气得在外面淋雨的母亲直骂他“牛是你先人呀”，半个月都没理他。

自己觉得热了就给牛洗身子，觉得冷了就给牛烤火，自己没饿都给牛喂几把草……有了牛，父亲更仔细地犁耕耙耱，以求收获更多，从而彻底摆脱贫穷。父亲坚信，土地是块宝，一定能挖出“富裕”来！这似乎只是父亲的一厢情愿，因为我们家的日子，还是没过到人家前面。

二十八年前，经过一年千军万马过独木桥般艰辛而漫长的跋涉，姐姐成功地跳过了“龙门”。接到录取通知书的那一刻，父亲高兴得合不拢嘴，竟荒唐地将此归结为“名贱福大”——姐姐的小名叫黑丑。

学费，对我们这个拆了东墙补西墙的家来说，可不是个小数目。父亲揣着那张通知书，能跑的亲戚家都去了，还差一大截。回来后，他蹲在门槛上发了半天愣，一磕旱烟锅，说：“把牛卖了。”背起手，就走向牛圈……

好几次，我们都看见父亲站在空空的牛圈外。父亲卖出的，是他好不容易才抓住的希望！

“爸，我将来挣钱了，给你再买一头。”姐姐终于说话了，她实在看不下去了，父亲一脸的失落让她心痛。

“要牛还不是为了叫你们过上好日子？杀了牛保佑你考上大学都值得！”父亲没看姐姐，对着牛圈说，“看爸，把日子过成笊篱了，窟窟窿窿的。你到学校还要花钱，不卖牛咋行？”

那年九月，姐姐是破碎了父亲的希望而走向自己的希望的！第三年，我也考进了大学。

儿时最深刻的记忆就是——

父亲蹲在家对面的粪堆上，“吧嗒，吧嗒”地抽着自卷的旱烟，瞅着在两边邻居高大门房间的我家低矮破旧的土门楼，嘀咕着“就是高，高出一大截”，而后就背着手低着头，慢吞吞地挪回家。

父亲和母亲说得最多的，就是人家体面的门房和我家破败的土楼的高与低。隐隐约约，我也听明白了：谁家门口的房子盖得高，福气就多，特别是紧挨着的，你的低就意味着福气让人家压住了——事不顺、家不兴、子女没出息。

我家院子本身就比邻居窄得多，加上人家高门大户，我家的小土门楼越发显得瘦小萎缩，确实很难看。

父亲在对面粪堆上常常一蹲就是大半天，似乎他那样瞅着就能将我家的土门楼抬高一截，一进门见谁都是两个字——“盖房”。

父亲在砖瓦窑上倒砖坯，每晚睡觉前，他都拿着磨脚石用力地磨着脚板，沙子、土就落下好多。我有时就纳闷：我的脚垫个啥东西都咯得难受，他咋用石头使劲儿磨都没感觉？

整整一年多，工钱折算成了砖瓦。

“门房起来了一半！”摸着门口堆起的砖瓦，父亲的每一道皱纹里都流淌着笑！

三年后，盖房的料才基本备齐。我总忘不了盖房时的情形：

我半夜起来解手，月光下，父亲在踩着泥巴——粉碎了的麦秸撒在土里，和上水，用脚均匀地踩，供次日泥活儿用。月光下，父亲光着膀子高挽着裤腿在泥里踩着。汗珠儿是从头上、脸上往下淌，还是从全身每个毛孔往外冒？汗珠儿将父亲整个人儿打扮得亮堂堂的，又没人引他逗他，父亲的笑随着汗珠儿抖落一地！

没时间休息，父亲嘴上全是火烧火燎的毒泡泡，母亲劝他歇一会。“房子盖好了，日子就好过了。”父亲说啥也不歇。

最让父亲伤脑筋的也正是父亲一定要盖房的初衷：想高出两边邻居，又觉得自己家底薄，日子原本不如人家，只是空撑着高高的门房，怕人笑话“穷折腾”——高过人家是不是有点过分？

盖房的那一段日子里，每天晚上，父亲总和母亲商量房顶高低的事。

结果呢，远看，和左邻右舍没什么高低差别，近看细比，还真的就高出那么一点。亲戚们来了都数说父亲，辛辛苦苦盖了一场，咋弄了个“立不起圪蹴不下”，多难受。

“高了，就是高了，高了就行了。”父亲搓着手一脸满足，“等将来日子真的过到人前头了，再盖高点。”

左边邻居李叔家没见准备，次年就动工了。别说门房，连厦房地基都升高了一截，遮住了我家院子的光线，大白天都显得“暗无天日”。

右边邻居也盖起来了。

前后不到一年，我家又被夹在中间，低矮拥挤。

父亲常常站在大白天也没有太阳影子的狭窄的院子里，盯着两边高门房一看就是大半天。“就是要高，哪怕一砖！”在自家院子里，父亲都是压低声音说话，是怕风儿将他的话吹过墙去，还是……

“爸，其实房子高低根本没啥意思，”在小妹也考进大学后，我试探着和父亲交流，“你看，咱家房子不高，我们都考上了。”

父亲停了一会儿，说：“房子一定要盖的，考上大学路还长着哩。我没把日子过好，不能影响到你们！”

我们每次回家，都给父母留钱，可每次回家，菜没两样，衣服也不添一件，有病还总是扛着不看。

——父亲还在为盖房攒钱？

祖母过世时，我们每人拿出一万块钱，父亲断然拒绝：“埋我娘是我的事，不要你们操心，把自家的日子过好就行了。”

我们在城里买房时，父亲每人都给一份，两千块。拿着它，我们心里都沉甸甸的！

说来也许你不信，父亲没多少文化却爱买报纸。买回家后，就在报纸上翻翻找找——找我的名儿。其实我发表的，多在教育类或纯文学的报刊上，书摊上不多。知道这事后，我每次就将样刊给父亲送去，看着我的名儿，笑容就在父亲脸上荡漾开来……

父亲说，咱明年盖房，钱，我都准备得差不多了。

我有时就是不明白，父亲一生，为何将自己的责任揽得那么清楚，不许任何人插手？

父亲，您总让女儿有话说不出，唯有泪千行……

# 第八辑　腊月红梅

# 腊月红梅

认识她，缘于我的散文集《草也有自己喜欢的模样》的促销，算是我未曾谋面的粉丝吧。如果粉丝也分级别的话，她应该是VIP：每天清晨都发来问候，还特意解释说无须回复，只是问了她心安。

对她的了解一多，心疼，欣慰，又放心不下。

她比我小一岁，四十六年前是与姐姐妹妹一起来到这个世界的，三胞胎。没满月，母亲就去世了。养母让人把她抱回来时，揭开一层又一层才扒拉出她，比养父的鞋大一点，头上还有俩疙瘩，不讨人喜欢的样子。从此，她就跟小脚奶奶一起生活。

说完这个身世，她笑着跟我说：我养母那人，身材高挑，看起来真好看，我那么丑，不喜欢是自然的。还说多年后，她在病床旁伺候养母时，开玩笑说，您就没想到那么小的人，现在还长得需要减肥。

我不知道那该有怎样的胸怀，很理解养母不喜欢儿时的自己，也想得通让她早早辍学做家务，还悉心照顾着养母——比养母的亲生儿子体贴多了。

她说跟奶奶在一起就是互相照顾，她替奶奶跑跑小腿、烧炕，直到奶奶去世。奶奶临走前拉着她的手说，我到了鬼门关都记得我娃。

老人是放心不下还是满心感激？没有小丫头，老人会不会很寂寞？而没有老人，小丫头的童年会不会更可怜？偎依着相互取暖，又是怎样的感觉？

三十年前，十七岁的她走出山里，来到西安的一家幼儿园做阿姨。孩子们被大人接走了，小阿姨们快乐得像一只只小鸟，飞出幼儿园，融入大城市的繁华里。而她，拒绝了城市的霓虹灯而选择了上成人补习班。只上到五年级就被迫辍学的她，对知识充满渴慕，她想改变自己！

夜校回来就晚了，幼儿园关门了，每次都得叫门，叫得自己都不好意思。心里满是不忍，她时不时地买点小东西送给门卫老伯。老伯也知道了这个姑娘在上夜校，她只轻轻拍一下，门就开了。一次她又买东西送给老伯时，老伯说，再不要乱买东西了，一天攒一块，一年就三百六十多块，十年就攒三千六百多块，过日子要细水长流……

回想到这里，她看着我，眼睛里溢满真诚，说没人专门教你，只要你有心，谁都能给你当老师。“我就是从那以后开始攒钱的。”

她说到辛苦攒的两千多块被人借走不还的伤心，说到刚过二十岁的她为了找个管吃管住的工作开始在酒店打工，做到领班。

“我是那时才知道有钱不一定有素养。有些暴发户，点个菜大声吆喝，一开口就扎势，挑最贵的上。有个常年住宿的台湾商人，每次安安静静地点一两个菜，吃不完就打包。有一次我忍不住好奇，问了。那人说，带回去开水一冲还能吃，留这里就倒了，多可惜。”

当她一个人驱车办事时，总心软地捎上路边等车的人，会不会缘于在酒店做领班时悟到了做人的真谛——教养是最高的文化，柔软是最难的修行？

其实在我见到她时，她已是单身母亲了，小公主水玥乐观懂事，全然没有单亲家庭的阴影。

她曾跟前夫一起创业，最最难熬的时候，她真的想生病，病倒了就可以心安理得地休息一下。后来，开了公司，几年间资产上千万。有些词儿本身更像滑稽的矛盾组合，就像“同甘共苦”。很多夫妻或朋友，一起搀扶着走过泥泞与黑暗，却无法牵手走在灿烂里。当婚姻出现她无法容忍的裂缝时，她选择了果断转身离开。

别人难以理解：多少貌合神离同床异梦的夫妻都在凑合，你还有什么不能将就？别人不敢想象：既然恩断情绝，为什么不要求平分财产？

她向我解释道，没了爱情，不能连自尊都没了。当初跟他时，他有啥？离开他，还稀罕啥？

看着她，我眼前突然出现一幅画：严寒，大雪，红梅，傲然。一个像腊梅般的女子，她的名字叫腊红。对她了解多了，就心疼她付出那么多却独自生活，欣慰她至少没有生存压力，放心不下她毫不设防地与人相处。

# 听父亲唠叨是种幸福

父亲真的老了。

他常常坐在老藤椅上，眯缝着眼睛，一坐就是大半天。有时你喊上几声，他才回过神来，一脸做错了事的孩子般歉疚。这是母亲给我转述的，母亲说时一脸忧愁。

我很忙，几个月才抽空回老家转一圈，陪父亲小坐一会儿，父亲就显得很是兴奋，让我帮他将藤椅搬到上房前，就开始给我讲他过去的事儿。

“你呀，就怕那些陈芝麻烂谷子的事发霉，天天要拉出来晒太阳呀？”母亲总是笑着说父亲两句，“娃忙完回来，也不叫娃清静清静。”

母亲说归说，绝不会真阻止父亲的，转身就忙活起来，给我做搅团、摊煎饼……

我其实很喜欢听父亲讲他过去的事，真的。我似乎又看见了身强力壮、利索能干，在全村都出了名的年轻时的父亲……我们兄妹四人一个个成家立业远走高飞，父亲母亲就这样慢慢衰老下来。

父亲说，他借了别人家的自行车，来回三天，去山西贩了二十多头小猪娃回来，挣了二十多块钱，买了五十多棵树苗，树长成后，盖起了全村当时最阔气的五大间厦房。临了，父亲总是指指那一排厦房，一脸自豪。

我也清清楚楚地记得，那时不用白灰水泥，父亲一夜一夜不睡觉，踩着撒着粉碎了的麦秸的泥巴，供次日用。月光下，光着膀子高挽着裤腿在泥里踩着，豆大的汗珠从头上、身上往下淌，父亲整个人儿都亮堂堂的。

父亲偷偷瞥了一眼厨房，说母亲和他闹矛盾闹得再厉害，他也从来不害怕——母亲根本就舍不得我们。说到母亲，父亲总免不了长叹一声："你妈跟着我把苦吃尽了。"接着又开始骂自己的臭倔脾气，还说到训斥我的事。

父亲训斥我的事？太多，太多了！

小时候，父亲怕我性子软被人欺负，又担心我优柔寡断误了事情，长大了又怕我矫枉过正、脾气暴躁，伤人又伤己……对他最小又最疼爱的儿子，他有太多的放心不下……不善言谈又为生活所累的父亲，自然不会有好声色，我又怎会不理解？

母亲嫌父亲啰唆，可我分明感觉到我在静静听父亲讲述时，母亲脸上洋溢着欢喜和欣慰！

别让驱之不散的寂寞孤独缠绕着老人，别等到"子欲养而亲不待"时再心碎欲裂悲恸欲绝，趁他们健在时，多陪陪操劳了一生的父母吧。

# 一瓶罐头

罐头？咱家有罐头了！

姐姐拉着弟弟一掀开门帘，就喊了起来。正对着门的长条桌上真的放着一瓶罐头。姐姐说这话时，弟弟的嘴唇咂吧得直响，小跑过去，就伸出了手。

“谁敢动罐头，就把他的手剁了！”正在院子里抹袼褙的娘，喊了声，“那是给你姥姥的，都甭想打主意。”

弟弟的手不情不愿地缩了回来，又放进了嘴里，瞅着罐头舔手指。其实姐姐在喊出第一声时，他就流口水了。

罐头多稀罕啊。

姐姐都记不得上次吃罐头是啥时候的事了。上次也不叫吃，只是尝了一瓣儿，是橘子罐头。

姐姐老喜欢去巷子东头的菊花家玩。去菊花家玩就可以看见一个罐头瓶子，里面放着顶针、纽扣那样的小零碎。姐姐常常捧起那个罐头瓶，使劲地闻，就能闻到甜味儿。姐姐不止一次很向往地提醒菊花，你晚上睡觉时把罐头瓶放在枕头边，做的梦肯定是甜的。

姐姐突然觉得很沮丧很沮丧，她家连个罐头瓶也没有，上次还是在姨妈家尝的罐头。表哥当兵要走了，打开了一瓶，那么多人尝呢。

姐姐拉着弟弟又站到了娘跟前，一声不吭，只是站着。

娘又开口了："你姥姥，有今天没明天的人了，那罐头，给姥姥留着，哪天有空了我给姥姥送去。"

姐姐拉着弟弟又进了房子。姐姐说："不能吃，给姥姥的。"

弟弟听话地点点头，说："姐，咱就这样看着，不吃。我明天就给小黑他们说，咱家有罐头了！"弟弟说这话时一脸得意！弟弟又说："姐，我想摸摸。"

姐姐说："不行，靠得近了，就想吃！"

"又在说罐头？"说话间娘就进来了。"我还不知道？你俩看着看着就想吃，我还是放高点好。"娘就将罐头放在了土炕上架的木板上。"谁敢动，就把谁的手剁了！"娘出门时，又瞪着眼睛说。

姐姐跟弟弟没事就坐在门槛上看罐头。

"咱家也有罐头了。"弟弟老说这句话，说话时就砸吧起嘴唇。"小黑还不相信咱家有罐头了。姐，我想摸一下罐头。"弟弟眼巴巴地瞅着姐姐央求着。

"不行。娘放得那么高，就是怕咱摸它。"

"娘没在，摸一下吧。"弟弟摇着姐姐的胳膊。

姐姐就将大凳子搬到炕上，踩着凳子很小心地将罐头取下来。

弟弟抱着罐头瓶，脸上像开了朵花。"姐，说不定能闻到味儿呢。"弟弟把鼻子凑上去使劲地闻，鼻子都能起褶子。结果呢，只是很遗憾地摇摇头，把罐头瓶还给了姐姐。

姐姐和弟弟不再是看罐头，而是抱罐头了，轮着抱。

"啪——"

姐姐傻眼了，抬头，弟弟哆嗦着，脸色煞白。好一会儿，弟弟才放声大哭：“娘要剁哪个手？剁哪个手都疼……”

姐姐抱着弟弟说没事没事，不剁，哪个都不剁。其实姐姐也在发抖，娘的厉害她咋能不知道。

姐姐想出了办法，娘不会爬树，弟弟爬到树上不下来，娘就打不到弟弟了。后院那棵臭椿树很高，上面还有个杈，弟弟骑上去抱紧就没事了。

弟弟好不容易爬上树，骑在了树杈上。

“姐姐，姐姐，我怕。”弟弟在树上喊着。“姐姐，姐姐，我晕。”

没等娘回来，弟弟就从树上摔了下来。

那一年，姐姐九岁，弟弟七岁。

我妈老给我提起这件事，我从没相信过。有一次实在忍不住了，就说鬼才会信，一瓶罐头就把娃吓成那样了？

妈不再看我，只是说，我跟你舅舅见了罐头就恶心。

我想起舅舅瘫坐在炕上的情形，马上闭了嘴。

那个特殊的年代，或许还有更多的事实，搁在今天，说给谁也不会相信的。

# 你可以不理解，但不要阻止

一见面，你就开始给我说你妈。你说时显得很是气愤，你说你真的不理解你妈，咋越老越让人难以接受。

看着你那气愤的神色，我真的无法猜想一向通情达理的老人家究竟做了怎样过分的事，让她最疼爱的女儿如此恼火。

“一斤鸡蛋就便宜一毛五分钱，还限量，排一次队只能买六个。一毛五分钱啊，我真不知道现在一毛五分钱能买啥玩意！”给我说时，你依旧是那么生气，“人家超市八点半开门营业，她不到七点就过去排队，就为了买六个便宜的鸡蛋？简直不可理喻！”

你还问我，老年人的脑子咋那样不好使，还一根筋，不会转弯。光想占便宜，而不管便宜的大小。你说你一想到你妈排那么长时间的队就为了买六个鸡蛋，撞南墙的心都有了，再说她也不听，真可气。

你别生气啊，我妈也是那样。要是排了两次队还都买上了，她就像中了彩票般兴奋。我也曾像你一样不理解，也曾没好气地说过她。可是你不知道，她的解释让我心疼。她不好意思地说，妈老了，挣不了钱了，能省就省点，省的就是妈挣的，妈不想吃闲饭。

妈妈抚养我们的小，我们赡养她们的老，是天经地义的事啊，可是她们却怕不能干活的自己成了吃闲饭的。你说，这能不叫人心疼吗？

我从来不会看不惯或瞧不起那些排队买鸡蛋的老人，还有那些不辨药的真伪排队领药的老人，他们的贪占小便宜，其实是在给我们省钱啊！省下的就是自己挣的，多朴实的念头！

我也给你说说我妈的事，或许你会不相信。

大年初一，我妈在小区里捡拾别人响过的炮墩子。回到家后她满脸欢喜，说多亏自己眼尖手快，捡了八个。还说八号楼那谁的妈才捡了五个，只怪她自家腿底下跑得慢。你知道吗，我当时只是笑笑，打趣道，你的精神是好的，可是大年初一还是应该休息的，过日子要长久，也不在乎这一两天嘛。

我再给你说，我的车库就是我妈的废品集中营，走到哪里，她都顺手捡拾纸板塑料瓶子，拎回来就放我车库，攒得不少了，就带去废品站卖掉。

我也不去劝说她，就让她那么乐滋滋地捡着拾着快乐着。尽管我真的不需要她用那种方式给我补贴家用，尽管我也真的不理解她何以在比较富裕时还那么节约，尽管我也一直都不理解她跟自己的亲闺女住在一起还怕自己成了吃闲饭的。不理解归不理解，她喜欢那样做就让她做去好了，那样她心里会踏实些。

对老人，你可以不理解，但不要阻止。这就是我想对你说的。

# 记忆里，那个小院子

记忆里的那个小院子是农村人说的单面院子——很狭窄，只能在东边盖排厦房。院子里倘要通过一辆架子车，都得一个轱辘走在院台子上，另一个在院子里，车身倾斜。像我，一个六七岁的丫头片子，都不敢站在院台子上向院子里立定跳远，害怕撞墙啊。

父亲几乎是紧挨着西边墙根，栽了一排杨树。夏天，他得空就一担一担挑水浇灌，树长得很快很粗大。用母亲的话说，勤快人家啥都可着劲长呢。

狭窄，再加上树荫，院子一年四季都见不到阳光。如今想来，那时我们家恐怕只有我一个人，因为院子窄而偷着乐。

好扫地啊！

农村都是女孩子扫地。每次，母亲喊“灵儿扫地”，扫帚用脚尖一挑，就到了手上。三下五除二，我就扛着扫帚站到了母亲面前，任务完成。

有机会偷懒啊！

我们家要晾晒个啥，就得在巷子里绷根绳。那时没夹子，我总被派去看晾晒的衣服是否被吹落。带本书，就可以名正言顺地不劳动了。母亲在院子里问，干了没？干了就收回来。我看都不看，拖长声音回复道，没干——再等一会儿。盼母亲勤洗衣物，是我童年里的一个秘密。

狭窄也显得家里严实，一个人在家相对不害怕。只是相对，也有过例外。

有次看的电影是《神秘的大佛》，里面有个坏蛋会变脸。看完电影的第二天晚上，只有我一个人在家，觉得到处都是会变脸的坏人，他们扭曲着丑陋而可怕的脸，向我逼来。紧张恐惧，却等不到家里人回来。我就从灶房取了菜刀、擀面杖放在身边，可还是觉得害怕，好像坏人无孔不入。最后，我蜷缩在一头沉的桌子下面，睡着了，怀里抱着擀面杖，手里拿着刀。

后来有一段时间，只要我做错了事，怕严厉的母亲打我，就蜷缩进桌子下面。母亲看着我那傻样，也就原谅了我。

紧挨着厦房就是柴火堆，都是谷秆、麦秸类的软柴火，生灶底用。有一次我想烤玉米棒，又特别懒，干脆在柴火堆旁烤，结果火势蔓延开了。我一时吓呆了，第一个反应是——赶紧跑。于是锁了门，跑了。

后来，还是邻人们砸开锁子，救了火。我呢，跑到巷子东头姓赵的一户人家，藏在了她家木床下面。夜深了，母亲挨家找我。我是听到母亲对赵家婶子的承诺，说保证不打孩子，才钻出来的。刚钻出来就被母亲狠狠地踹了一脚，揪着耳朵拎回去的。看来大人在情急之下的话都是不可信的，为了达到目的，他们不惜撒谎。

那次火灾，厦房紧挨柴火堆的那间被烧着了，损失惨重。现在想起来，我该是熊孩子的鼻祖吧。

有时，一件原本很糟糕的事，因了智慧，也会变成美好。

我吃饭时不小心打破了一只碗，破得厉害，不能修补。姥姥看着那堆瓷片想了至少两天，第三天，瓷片儿被她连成几串，挂在了我们家屋檐下，风一来，叮叮当当很是好听。多年后我才知道有个词叫“风铃”。

姥姥是我心里最智慧的人，她的睿智像夏天门洞那里的过堂风，让人无比舒服。

我坐在门槛上吃饭时，心思跑了，面条从筷子上逃跑了。鸡们立马围了过来，而后感恩戴德地冲我打招呼。母亲刚生气地骂了我一句，姥姥就说话：粮食少得哪里舍得喂鸡，掉在地上的，就是不该咱吃的。也好，就当给鸡过年。

姥姥好像啥都能想通，左邻右舍都是双面的宽院子，就我们家院子狭窄。姥姥却说，窄了好啊，好收拾，紧凑。

后来，父亲申请了新的院基，那时他还有两个儿子。连在一起的院基，足足有三十米宽，盖起了新房——我们村第一家楼板房。而那个单面小院，被隔壁并入。

从此，父母有了宽敞的院落，而我，失去了家。

打小我就是一根筋，长大了也没变。很少回老家，我从来没有将新的院基当作家。即便偶尔回去，也总会走到小院子的位置，呆立。无处落脚的记忆总让人心疼。

# 外婆眼里没废物

我一直不知道，是因为外婆有颗玲珑心才手巧，还是手巧心玲珑？儿时的我，喜欢静静地坐在一旁，看外婆做活计，也就是拾掇废物。错了错了，我这样说外婆肯定会生气的：在她眼里，就没有废物，只有待用的宝贝。

找人讨来书店里打包捆书用的塑料编织袋，先染色，红的绿的，当然还有本色的白。晾晒干后，见缝插针忙里偷闲，外婆就编出了好几个篮子，大的小的，方的圆的，绿的草红的花。外婆似乎不喜欢独自占有，自个儿留一个，别的就送给亲戚或乡人。

我有时想，外婆在乡里的好名声，该不会都是这样散东西得来的？她偶尔包顿饺子，盛一碗，就让我给东头奶送去。我叫“东头奶”的人，其实是个孤老婆婆，好像跟谁都没亲没故的。外婆从来不晓得，我在送的路上会揭开搌布偷吃一个吧。

输液管那时多稀罕，大家伙有病都扛着，谁有福气好好看医生还输液？也不知她从哪里讨来一把输液管，冲洗干净后，只是借助豆子、纽扣、火柴棒，就可以编成各种动物，很是好看。蜗牛蜻蜓，小金鱼螃蟹，小兔子小狗……只要我能想到的，外婆就能编出来。有时我真的想不出自己要什么，外婆也会编出我没见过的稀罕东西。看着外婆用小剪刀剪出俏丽的花纹，绾来绕去，插进去拉出来，初具形样了，再打扮几下，就栩栩如生。

是那些形样都在外婆心里单单等着外婆唤醒，还是外婆的手上有仙气？有一次我看得痴呆了，不由地伸出小手，轻轻地在外婆手背上摩挲起来。外婆笑着嗔怒道，小傻瓜啊。

炕头的小包袱，里面全是碎布片，调整好花色，外婆就能将它们集成好看的书包、坐垫、门帘、夹背心等，反倒比整块布做的好看多了。

我的脚指头长得太任性，从大指头往后，齐刷刷地呈三角形态势。布鞋前面被顶破了，指头露出来了。鞋可不像软的衣服，缝补后不仅不影响美观，反倒更漂亮。外婆将前面的口子剪得更大，将后面的鞋帮也剪掉，就成了夏天里骄傲的鱼嘴拖鞋。

碗儿盆儿补过后再次破损，就只能退出厨房了，外婆就让它们在照壁前充当了花盆……用外婆的话说，过日子哪有废物，竹笼破了还能当柴火烧。

已经富裕了的今天，我是贫贱命吧，常常会想起陪伴在外婆身边的日子。也记得多年前外婆常唠叨的，只要勤快，烂日子也能缝补出一朵花，就怕懒，懒了日子就过到底喽。

每每看到一年四季都闲散地坐在家门口或游荡在村里街头的人，就莫名地生出难过来：当一个人宁要把自己摆置成废物时，谁能奈何得了？谁能神奇得像外婆拾掇废物那样将他们变成美好？

# 大　姐

大姐每次进城，我都一个头两个大，用“如临大敌”形容似乎都不算夸张。她每次恨不得连地皮揭起来带给我，总说城里走步路都得花钱。大姐自己在农村的日子过得并不富裕，还想着照顾城里做公务员的我们。

小时候的我有多调皮，调皮到将大姐喊“姐娘”；小时候的我有多淘气，淘气到让大姐代我受了多少白眼；小时候的我有多可恶，可恶到做了坏事就赖给从不解释的大姐。

我五岁时，娘又生了妹妹，没奶水。娘总让不到十岁的大姐带着七岁的二姐和五岁的我边放羊边给猪割草。“不能耍奸，好好放，放的是你妹妹的口粮。”每次牵着羊出门，娘总不放心地叮咛，“不让羊吃好，小妹就没奶吃。”

一到地里，大姐就找一块长势好的草地，把羊绳前的铁橛扎在地上。而后让我们随着她赶紧割草。

二姐性子野，贪玩，一到地里就是放虎归山。她带着我，满地跑着找各种花儿，插在头上，或别在纽扣处。玩够了花，又捉蝴蝶、逮蜻蜓、找瓢虫，跑得更欢实。于是我们的笑声此起彼伏，落在草叶上，撒在羊身上，羊兴许也受了影响，蹦跶着想挣开绳索，撒开蹄儿欢闹。

偶尔回头，就会看见大姐一脸无奈地冲着我们摇头，我们就冲她做鬼脸。

可能是觉得靠我俩割草是指屁吹灯吧，大姐放话了：老二，你带着凌儿好好放羊，拉着羊，叫羊好好吃。二姐答应着，就过去接受了新任务。我呢，自然就跟在她旁边，听她说话，归她指挥。二姐才不关心羊爱吃啥草，她想到哪里玩，就把羊硬拽到哪里，并指挥我采花捉蝶。

有一次，二姐突发奇想：凌儿，我拉着羊很麻烦，要是把羊绳绑在你身上，还不用你牵羊，你走哪里羊就跟到哪里，好玩还简单，是不是？二姐这么一说，我也觉得很新鲜，想着那样好玩，就答应了。

后来不知怎的，羊突然发了疯般跳将起来，还拖着我满地跑。我被吓哭了，二姐被吓傻了，大姐跑了过来，可一时半会不能靠近疯癫的羊。我摔倒在地，被羊拖着，腿、手臂都划破了，吓得不会哭了，只喊着“姐——姐——”。大姐被羊撞倒了几次，终于拽住了羊绳，几经周折才解开了绑在我腰间的绳索。

我是解脱了，可羊却安静不下来，又拖着大姐跑。

我们都让大姐放开羊。“羊丢了咋办”，大姐气喘吁吁地回应着。累得倒地的大姐被拖到沟边，丛生的各种扎人的荆棘将大姐身上划出一道道伤痕，直到羊累了，停了下来。大姐用流血的手背擦着大汗淋漓的脸，说羊跑了老四就没奶吃了。

从那以后，大姐又继续把羊固定在树上，隔一段时间换个地方。至于我们两个，大姐说：把你俩自家照顾好就行了。

人闲生驴事，这话说得一点都没错。

瓜果成熟了，花呀蝶呀就没了诱惑。红番茄酸酸甜甜，生豌豆角也不错，青杏吃着刺激，那西瓜不得吃了后才知熟没熟……两个鲁莽没经验又贼心不死的家伙，开始捣蛋了。我和二姐常被逮住。屁大的孩子，不能打，骂又没劲，大人们就喊来拔草的大姐，对她是既数落又推搡。二姐还在后面龇牙咧嘴地不服气，人家就更凶大姐了。

很奇怪，但凡我跟二姐做了什么错事，人家总是逮住大姐训斥，好像大姐应该负全部的责任。后来我有所明白，娘很凶，骂起人能不倒茬、不重复大半天，没人敢惹。可大姐的温顺似乎在全巷子里都有名，大家伙总能听到从我家里传出的娘的狮吼，指名道姓怒骂大姐的窝囊与熊样，大姐总是以沉默作答。大家伙欺软怕硬吧，大姐就顺理成章地成了我们的代理娘。

娘凶，爹打我们下手也重，好像他打一打就能把我们打成带把的小子般。在家里，我跟老二闯了祸，都推给大姐，大姐从不解释，所有惩戒，照单全收。

后来，娘终于争气地给我们生了个弟弟。弟弟到来的喜悦让爹娘兴奋得忘了打骂我们，倒霉的只有大姐。为了帮娘照顾弟弟，她辍学了。记忆里，她到学校也是拉着我，后面跟着二姐。我们在教室外面玩，她在里面上课。二姐推搡弄疼了我，我一哭，她就被老师撵出教室来平定我们的战争。细想一下，大姐好像也没好好上过几天学。有了弟弟，大姐干脆辍学了。

大姐一直很骄傲，骄傲她没上几天学却帮着爹娘供养出了四个大学生，四个她习惯了操心、总是放不下的自家人。不管去看哪个，都是大包小包恨不得连炊烟都打包带去。

## 父亲的狗，母亲的猫

几年前的一个冬天，我们姊妹几个团坐在老母亲烧得热乎乎的土炕上围着她，动员她养个宠物。养宠物就是给老人找个事做，打搅打搅，她和父亲也就不寂寞了。

“养只狗吧，你总是胆小，我没在还能给你壮胆。”父亲马上响应，“就给你妈养条狗。”

“养猫。狗太凶太嘈，来个人都得训几声，费神劳心的。”母亲有不同的意见，“就养猫，乖乖巧巧的。”

几天后，大姐送回来一只纯黑纯黑的小狗，二姐送回来一只雪白雪白的小猫。

偌大的院子里，冬日暖暖的阳光下，瘦瘦小小的母亲总是坐在高高的椅子上抱着她的白猫，边晒太阳边说话。父亲常常蹲在台阶上逗着他的黑狗玩。

“去，跟那个黑不溜秋的家伙闹一下，看谁厉害。”母亲朝着父亲的方向放下她的猫，怂恿道。

父亲抿嘴一笑：“哎呀呀，咱论长短大小肥瘦，哪方面都比它厉害，姿态放高点，不跟它一般见识，就是陪它玩玩。”

戏剧性的是，小白猫很主动地走向了小黑狗，小黑狗却不停往后退。父亲脸上挂不住了，嘟哝道：“我怕它主人，人家是我老婆，管我吃喝拉撒。它又不是你老婆，甭怕。”结果是，小白猫走到小黑狗面前，竟然举起前爪，一巴掌拍了过去，直击小黑狗的脸。小黑狗落荒而逃。

不管时隔多久，母亲每每给我们叙述这件事，那表情，那得意劲儿，好像是她和父亲的一次较量。父亲同样满脸是笑：我让了你妈一辈子，连我的狗都让她的猫，谁养啥就随谁的性子——不丢脸。

院子里有专门的狗窝，猫呢，就睡在房里的沙发上。

一天，母亲都准备睡觉了，沙发上却没有她的猫。母亲就很着急地找了好些地方，也不曾找到，最后还是父亲发现了，喊来母亲。只见小白猫四爪蹬开，直直地睡在狗窝里。而小黑狗呢，傻傻地站在窝外面，瞅着里面，宛如猫的守护天使。

“看我的狗，有魅力还知道分寸！”父亲为此显得很得意。

人家是鸠占鹊巢，我们家呢，是猫占狗窝啊。后来的发展更是奇怪。猫不睡房里的沙发了，狗呢，也不在专门的狗窝里待了。不管是晚上还是大清早，就在房子门口，多是小白猫缩在小黑狗的怀里呼呼大睡。

每每说到这件事，父亲脸上也很有光彩：我照顾了你妈一辈子，我的狗都知道照顾她的猫。

母亲一脸嗔怒：你照顾我？我伺候了你一辈子！还不叫我的猫享享你的狗的福？

我们一回到家，关于猫和狗，母亲和父亲总有说不完的话题。那神情，犹如在说他们自己的事情，看起来较真，似乎又只是闲聊。

更有趣的是，母亲的猫决不允许别的狗踏进我家半步。一天，我们家的猫和狗正在院子里嬉戏。不知谁家的小黄狗不明“家情”，贸然闯入。小白猫先是“喵喵”发出警告，小黄狗继续往里走。小白猫就窜了过去，又是前爪，一巴掌就拍了过去。小黄狗尚且没反应过来，小黑狗就很不友好地冲着这个入侵者叫了起来。

这个情形恰好被在院子拨棉花的母亲和父亲看到了。母亲指着猫大笑，父亲装着气不过的样子说：“看看，你养的猫就像你，都不允许我和哪个女人说几句闲话。”母亲正色道：“你去呀，去呀，看哪哒要你这个死老汉就赶紧走，我才不稀罕。”

结果就是：谁挑起的事端谁平息。父亲又好话说了一大堆：

“男人是耙耙女人是奁奁，没有你这个好奁奁，咱的日子咋能过到今天这样子。

“我性子野，年轻时我打架，那是血里捞骨头。我爸我妈都拿我没办法，你硬是把我给降住了。姻缘姻缘，有‘因’才有缘，你就是来管我的。

“……”

父亲将这些说给我们时，感慨道，沾了一句话的光，害得我口干舌燥赔了半天情。母亲眼一翻，却说：他不哄我谁哄我？就是要叫他哄一辈子。

我们姊妹几个不管谁开车回去，离开时，常常一打开车门，白猫就窜了进去，爪子还在玻璃上拍着，狗就在下面汪汪直叫。白猫想离开老家跟我们进城？我曾试着将车往村外开，可黑狗一直在后面追着叫着。我停下来，把狗也抱了上去。嗨，它们竟然很安静，才不管我将开往哪里。

父亲叫“咪咪”时，母亲脸上总是掩饰不住的欢喜，边将猫从怀里放下，边说，去，看人家有啥好东西给你。而母亲说“黑子，快来”时，父亲同样忘不了叮咛一句：看你是哪里又做错了，叫人家指教去。

更神奇的是，父亲每次从外面回来，母亲的猫就会弓起身子冲着他不住地“喵喵”叫，直叫到父亲走过来抚摸它两下，才会重新乖乖地蜷缩在母亲怀里。

每每那时，母亲就替她的猫说话了：“看，你不搭理我的咪咪就不行，她是个小热黏皮。”我们这里将缠人的人叫“热黏皮”。父亲就笑了，说：“热黏皮好，我就爱热黏皮，大小热黏皮都爱。”

黑狗是突然间不见了的。母亲总疑心说，村里经常有一些陌生人骑着摩托车闲转，八成是偷狗的。理由是现在狗肉卖得好，村里经常丢狗。

白猫是不知道黑狗丢了的。据说第一个晚上，白猫一直烦躁不安地“喵喵”叫。持续几天，它似乎不停歇地到处转着找着。后来，白猫看起来很没精神，总是懒懒的。

母亲说，不行的话，叫别人再给你逮一只，你爱狗，咱再养。

父亲倒不怎么伤心，他说，狗不见了，咱就好好养你的猫。它在，你的猫有个伴；它不在了，咱俩给你的猫做伴。

父亲没抱过他的狗，此时却开始抱母亲的猫：“就是你说的，猫就是好，乖乖巧巧的。”

“你的狗也好，把猫照顾得好好的，一点也不多事。”

冬天，母亲给猫缝了一个方方正正的小垫子，就放在炕的最边上。猫呢，从地上先跳到凳子上，看见小垫子铺好了，才跳到炕沿上，而后走到垫子上。要是没放，它就在凳子上躺着等。只要上了炕，它从来不会跑出垫子的范围。有一次，猫上了垫子，发现垫子折叠着没铺开，还用爪子弄开铺好，才躺下。

这些具体情形，都是父亲给我们说的。我们只看到猫很乖巧地跳上凳子，而后跳到炕沿上，再很矜持地躺在自己的垫子上。

“你妈养的猫，就像你妈一样，不管干啥事都拿捏得很好。不惹眼黑，不叫人多嫌。”

母亲就显得不好意思了，马上就岔开了话题：“你爸心细，把猫照顾得周周到到的，比我还心疼。”

父亲说话一直很风趣：“那是你的猫呀。咱屋，你老大，猫老二，我的职责就是好好伺候你俩。”

于是母亲就说起了父亲，说起父亲那张好嘴巴，说“把人哄得干啥都心甘情愿高高兴兴”，说哄得她乐呵了一辈子。

我喜欢听母亲父亲说猫的事，也愿意陪他们一起回忆狗的事。我更觉得，那里似乎又不仅仅是猫和狗的事儿。

## 让人疼惜的男人们

一直说痴情女子绝情汉，连《诗经》里也说“士耽于情，犹可脱也；女耽于情，未可脱也”，似乎薄情寡义是男子的标签。

而在文字里浸泡的男子，却让人疼惜不已。

他在爱距离自己遥不可及时，悲伤地说：我真愿意我们能够变成蝴蝶，哪怕只在夏季里生存三天也就够了……再美的诗，也无法稀释他心中的落寞抑或绝望，济慈心里的苦，淤积沉淀，而后化作一首首唯美的诗。可谁知道，心中缺爱的人，才会将心中淤积的爱提纯成极美的诗来温暖自己、温暖别人。

一个男人爱一个女人，爱到有一天他突然烧毁了她写给自己的所有信件。他每次看她的信件之前，都要反反复复洗手——那信件太神圣了。是的，太神圣了，绝不能让别人看到，绝不会给任何人看到它的机会和理由。那些秘密那些幸福，只是他们两个人的。这个在常人眼里不可理喻乃至疯狂的人，是霍桑。

已负盛名的他每写出一部作品，都要拿给她看。只有她点头说好，他才会去出版。他的写作似乎只是为了取悦她，她就是他唯一的读者。他甚至住进她的家里面，跟她的丈夫朝夕相处，只是为了天天看到她。即使搬出她的家，他建造的房子每一层的阳台都对着她的房子，想象着他依然跟她在一起。他的生命，终其一生，都在为她而燃烧。屠格涅夫就是这样深爱着波琳娜，他的爱让每个人唏嘘。

他爱上了一个女人，他们开始约会，地点是咖啡馆。他一页页写，她一页页看，不曾牵手，只是目光偶尔交合。他给她写信，写了二十万字的情书。当他知道她是有夫之妇时，他主动终止了那段情感，那段无论如何他都割舍不下的情感。可是爱她，怎么忍心让她背负恶名？只有将自己腌渍在思念中，即便心儿起了褶皱，也是心甘情愿。直到临终，都喊着她的名字。卡夫卡的作品灰暗阴郁、绝少明快，当然是那样了，卡夫卡将所有的阳光都留给那个女人，让她在阳光下欢快地生活，只给自己留下了阴冷。

他喜欢她，他眷恋她，他深爱她。他搬到她家旁边做邻居，仅仅只是为了能天天看见她。她告知自己的丈夫，说自己爱上了他，他却毅然退出：他觉得自己给不了像她丈夫那样的爱与幸福。他的眼里心里只有她，也就不忍她的幸福打折扣。照顾她陪伴她，只是出于纯粹的爱，却不去想拥有。她去世多年后，他请大家赴约，而后含泪说，今天是她的生日。走的时候，他握着她的照片，念着她的诗句。金岳霖爱着林徽因，爱得无私而忘我。